Driss Chraïbi
Inspektor Ali
im Trinity College

Driss Chraïbi

Inspektor Ali im Trinity College

Aus dem Französischen von
Regina Keil

Unionsverlag

Die Originalausgabe erschien 1996
unter dem Titel *L'Inspecteur Ali à Trinity College*
bei Éditions Denoël.

Auf Internet
Aktuelle Informationen
Dokumente über Autorinnen und Autoren
Materialien zu Büchern
Besuchen Sie uns:
http://www.unionsverlag.ch

Rieterstrasse 18, CH-8059 Zürich
Telefon 0041-1 281 14 00, Fax 0041-1 281 14 40

Umschlaggestaltung: Heinz Unternährer, Zürich
Druck und Bindung: Ebner Ulm
ISBN 3-293-00250-1

Für Marie-France und Henry,
zur Erinnerung an einen Tag
voller Licht in Saint-Malo

D. C.

1

Durch das weit zum Garten hin geöffnete Schlafzimmerfenster drangen duftende Schwaden von Jasmin und Glyzinie herein. Der Ozean, nah und fern zugleich, räusperte sich wie ein ratloser Greis angesichts der Unendlichkeit des Lebens. Der Morgen atmete in regelmäßigen Zügen. Sophia schlummerte friedlich an der Seite ihres Mannes. Sie war jung und schön, hatte ein seidenes Nachthemd an und fühlte sich noch in den tiefsten Tiefen ihres Schlafes geliebt. Ich liebe ihn, o ja, ich liebe ihn …! Ihr langes Haar war wie ein schimmernder Schal über das Bett gebreitet. O ja! Ich liebe ihn … O ja …

Zwischen Traum und Wirklichkeit ließ sich plötzlich ein melodiöses Läuten vernehmen. Mit noch geschlossenen Lidern streckte Sophia den Arm aus, griff nach dem schnurlosen Telefon, das auf dem Nachttisch lag, zog es zum Kopfkissen und drückte die Lautsprechertaste.

»Ja, bitte?« fragte sie mit ihrer verschleierten Altstimme.

Sie öffnete die Augen.

»Guten Morgen, Herr Präfekt. Ja, er ist da ... Einen Moment bitte ... Ich hole ihn. Aber es wird wohl einen Augenblick dauern, fürchte ich, Sie kennen ihn ja genausogut wie ich. Bleiben Sie dran, Herr Präfekt ...!«

Und sie schickte sich an, ihren Gatten zu wekken.

»Ali!« sagte sie. »Liebling! Telefon für dich.«

»Hm!« brummte Inspektor Ali.

Er drehte sich zur Seite und winkelte die Knie an.

»Liebling!« wiederholte Sophia. »Da will dich jemand sprechen. Es ist dringend.«

Sie setzte sich aufrecht hin, gab ihm einen Kuß in den Nacken, knabberte an seinem Ohr. Es war, als traktiere sie die Trägheit in Person. Alles an ihm schlief einen mittelalterlichen Schlaf, mit Ausnahme jenes Teils, das ihm von Geburt an beigegeben war, aufrecht und triumphierend. Aus lauter Verzweiflung legte sie schließlich dort Hand an. Schlagartig war er wach.

Und was er als allererstes sah, was ihm sofort den Blick nahm und seinen Verstand ins Wanken brachte, war Sophias Venushügel. Rund und prall, buschig und voller Geheimnis. Die Spalte war geschlossen, schlief noch ganz fest. Er betrachtete sie. Weiter nichts. Betrachtete sie lange und liebevoll, mit der ganzen Kraft seiner Liebe, deren er sich nicht im mindesten bewußt war.

»Liebling«, begann Sophia, »das Tele ...«

Und sie stockte. Vergaß auf der Stelle die letzte Silbe des Wortes »Telefon«, vergaß, daß es ein Ding namens Telefon gab, vergaß die Dringlichkeit des dienstlichen Anrufes und war nur noch und ganz und gar ihr eigenes Drängen: reines Begehren. Langsam, liebevoll, zärtlich spreizte Alis Blick die kleinen Lippen, breitete sie über die großen Lippen, feurige Blütenblätter, in denen nach und nach Tauperlen glänzten, öffnete sie zärtlich, liebevoll, ganz langsam, ohne ein Wort, ohne eine Bewegung. Ich liebe ihn ... O ja, ich liebe ihn ...! O ja! Ich liebe ihn ... O ja ... O ja! O ja ...!

»Komm!« hauchte sie. »Komm in mich.«

Ali hörte sie nicht. Seine Augen füllten sich mit Tränen. Tränen des Glücks und der Dankbarkeit. Nie hatte er Schöneres gesehen. Das war es wohl, das Paradies: das lange, langsame, unsagbare Anwachsen der Lust jener Frau, die man liebt.

Sophia mit erstickter Stimme: »Komm in mich, ich fleh dich an!«

Er kam nicht. Es war, als wäre er plötzlich taub. Er sah, wie der Orgasmus anwuchs. Er sah ihn sich ausbreiten, in flüssiger Freude explodieren. Er senkte den Kopf und stürzte sich auf diesen Quell der Freude, stillte seinen Durst.

»Komm!« rief sie. »Nimm mich.«

Er nahm sie, und sie nahm ihn.

Außer sich, atemlos, verharrten sie lange einer im anderen. Mit unendlicher Ehrfurcht betrachtete er den reinen Glanz in Sophias Augen. Sie ließ sich bewundern. Sie empfand prickelndes Wohlbehagen.

Sie sagte: »Ich hätte noch immer Lust.«

Bedauernd zog er sich zurück. Es mußte sein! Er erhob sich. Er begutachtete sein Glied, das nicht mehr konnte, mit einer Art Hoffnungslosigkeit, die des Predigers Salomo würdig war. Er brach in lautes Lachen aus. Dann sagte er: »Sophia, mein Liebling, dir zu Ehren, mir zur Schande habe ich eben ein Gedicht verfaßt. Hör mal:

War einstmals entflammt
Für ein schönes Kind,
Das ich schlafend fand,
Gab ihr geschwind
Drei muntere Lendenstöße.
Sie sprach mit rosigen Wangen:
– Ich hab noch mehr Verlangen ...!
– Du hast noch mehr Verlangen ...?
Ich schwör's bei der Jungfrau Marie:
So wie er könnte, will er nie!

Großer Amor, fleh dich an,
Will sie nächstens mich freundlich empfangen,
Laß ihn nimmermehr schmählich hangen!
Ich schwör's bei der Jungfrau Marie:
So wie er könnte, will er nie.

Er blies die Luft durch die Nüstern. Er lächelte mit entblößtem Gebiß und bleckte die Zähne.

»Na, Liebling, wie findest du's?« fragte er.

»Idiot!« gab sie zur Antwort.

»Habe ich jemals das Gegenteil behauptet? Ich bin ein ausgemachter Idiot. Reich mir den Kuli. Ich geb's dir schriftlich. Die Poesie hat nur dann einen Sinn, wenn sie da einsetzt, wo der Mensch versagt.«

»Idiot!« wiederholte sie. »Ich bete dich an.«

Sie umschlang ihn, hüllte ihn ein in ihre dichte Mähne, küßte ihn mit vollen Lippen. Die Poesie war dabei, der Prosa zu weichen, einer ganz und gar physiologischen Prosa, da hörten sie plötzlich beide so etwas wie ein Gekläff. Sophia löste sich von Inspektor Ali.

»Mein Gott!« rief sie aus. »Der Präfekt!«

»Welcher Präfekt?« fragte Ali.

»Der Polizeipräfekt. Er ist seit einer ganzen Weile schon dran.«

Und sie zeigte auf das Telefon. Mit dem Handrücken wischte Ali sich über seinen Schnauzbart, der so borstig war wie eine Zahnbürste. Er griff den Hörer. Er sprach mit einer diplomatischen Stimme, einer Stimme zwischen Honig und Essig, zwischen Ingwer und Zimt, mit dem Anflug einer spanischen Fliege, um seine Äußerung gewichtiger scheinen zu lassen: »Oh, guten Morgen, Herr Präfekt. Meinen Respekt, Eure Exzellenz. Sie haben mir die Ehre erwiesen, nach mir zu fragen, wenn ich nicht irre?«

Am anderen Ende der Leitung herrschte ein leeres Schweigen. Konkret, spürbar. Und mitten aus diesem Schweigen sprang hart wie Granit eine Frage empor: »Was sind das für animalische Geräusche, die ich da seit einer geschlagenen Viertelstunde mit anhören muß?«

»Ach das, Chef? Nichts. Ganz und gar nichts. Ich habe nur mein Morgengebet vollzogen. Sie wissen ja, wie das ist, Chef.«

»Nein, weiß ich nicht!« brüllte der Chef.

Ali wollte schon antworten: »Oh! Sie Ärmster!«, aber er hielt sich zurück. Es gab für alles eine Grenze, selbst für die Meinungsfreiheit. Und es gab auch die Hierarchie des Wortes. Er sagte: »Nächstes Mal werde ich schweigend beten. Aber es wird schwer sein, sehr schwer, Chef.«

»Machen Sie einen Doppelknoten in Ihre räudige Hundezunge, und melden Sie sich zum Dienst. Aber dalli.«

»Eckzackt, Herr Präfekt. Dalli, dalli, stante pede, auf der Stelle. *Fissa* auf gut marokkanisch.«

Er legte auf. Ging ins Bad und tat, was er dort zu tun hatte. Als er wieder herauskam, trug er alte Turnschuhe an den Füßen, hatte seine an den Knien zerlöcherte Latzhose an, die am Saum völlig ausgefranst war. Er pfiff ein schlüpfriges Liedchen. Sophia machte Kulleraugen: »In diesem Aufzug trittst du doch wohl nicht vor den Polizeipräfekten?« fragte sie.

Er betrachtete sich furchtlos in der Spiegeltür des Kleiderschranks: »Und warum nicht? Seine Uniform ist auch ganz schön aufgetakelt, mit Ordenssternen, Litzen und Tressen dran.«

Schmächtig und ausgemergelt wie ein Kater, den man vor langer Zeit auf dem Speicher vergessen hat, ging er auf die Tür zu. An der Schwelle drehte er sich auf dem Absatz um. Blickte Sophia lange und zärtlich an. Dann legte er die Hand aufs Herz und begann zu deklamieren:

Du bist in Wahrheit die Liebe und die Kunst.
Und in Dir schlummert ein fernes Ideal,
In dem sich Dein Geliebter verliert.

»Ahmad Schauqi«, endete er. »Ein alter ägyptischer Dichter, der zugunsten medienwirksamerer Verseschmiede wie Adonis und Gesellen in Ungnade gefallen ist. Ist übrigens längst tot. Ich nicht. Ruhe hast du nie gekannt, lebe wohl und habe Dank. Bis später, mein süßer Käfer. Ich liebe dich.«

Und türenschlagend polterte er davon. Sophia vergrub ihr Gesicht im Kopfkissen ihres Gatten und brach ohne ersichtlichen Grund in Tränen aus.

2

Die Minuten dehnten und dehnten sich wie Kreise in einem Teich. Niemand sprach. Inspektor Ali auch nicht. Er hatte es sich in einem Sessel bequem gemacht, den man ihm mit einer Kinnbewegung angewiesen hatte. Seine ewig langen Beine hingen über der Armlehne, er hatte einen Tabaksbeutel und Zigarettenpapier hervorgekramt und rollte nun in aller Seelenruhe eine Zigarette, die einem Zylinder fast zum Verwechseln ähnlich sah. Der Polizeipräfekt hinter seinem Chefschreibtisch blätterte unter dem Porträt des feierlich auf seinem Thron erstarrten Königs in einer dünnen, ziemlich dünnen Akte. In Reichweite seiner behaarten Hand ein Telefon-Fax-Gerät. Unmittelbar daneben ein tressenbesetzter Tschako, aus dem elegant ein Paar Handschuhe von der Farbe frischer Butter herausragte. Beidseits des Schreibtisches zwei Sessel mit geschwungenen Lehnen. Der Chef der Kriminalpolizei saß auf dem einen, rechts von Inspektor Ali.

Wohlbeleibt, pausbäckig, mit runder Silberbrille. Und zur Linken saß Abteilungsleiter Méziani. Anthrazitgrauer Anzug, Halbglatze, goldener Siegelring. Den trug er schon lange: Er war ihm viel zu eng um den Finger gezwängt. Beide hielten den Kopf gesenkt. Vielleicht studierten sie ja die Motive des prachtvollen Teppichs zu ihren Füßen? Wer weiß? Im Vorzimmer hielt ein Trupp Soldaten Wache. Vielleicht gönnten sie ihren Bajonetten aber auch schon seit langem eine Ruhepause, wer weiß?

Ali entstöpselte sein Benzinfeuerzeug, ließ eine Flamme groß wie eine Fackel emporschießen und zündete seine unförmige Zigarette an. Im Nu erhob sich jemand, bot ihm einen Aschenbecher mit Ständer an und hatte sich auch schon wieder gesetzt. Wer war das denn? Da war doch nicht etwa der König aus seinem Rahmen gestiegen? Die anderen jedenfalls hatten sich nicht gerührt, der Inspektor hatte gute Augen. Er rauchte genüßlich bis zum letzten Zug. Noch ein paar Züge mehr, und er hätte sich den Schnauzer versengt. Er zerdrückte die verbleibenden Millimeter des Zigarettenstummels und machte sich daran, eine zweite Zigarette zu drehen, als der Polizeipräfekt hüstelte. Er hatte den Aktendeckel zugeklappt und musterte mit steifem Kreuz und aufrechtem Blick Inspektor Ali, als sähe er ihn zum allerersten Mal. In seinen schwarzen Augen spiegelte sich die Weisheit der Welt und in seinem Gesicht zwanzig Jahre Ehekrach.

»Ich habe Ihre Laufbahn von Anfang an mitverfolgt, Inspektor Ali«, hob er an. »Ich werde mich kurz fassen.«

Fünfundvierzig Minuten später schwadronierte er noch immer. Ali beglückwünschte sich dazu, seine Turnschuhe eine Nummer größer gewählt zu haben. So schliefen ihm wenigstens die Füße nicht ein.

»… abschließend möchte ich Ihre Laufbahn als ohne Fehl und Tadel bezeichnen. Aber … hm … aber ich befinde mich momentan in einer sehr eigenartigen, sehr zivilisatorischen Situation. Verstehen Sie mich recht: so viel Erfolg in Ihrer jungen Karriere kann nicht ohne Anerkennung bleiben – sagen wir ohne Beförderung, und die wäre sicherlich verdient, ohne Zweifel. Aber was könnte ich Ihnen schon bieten? Den Rang eines Abteilungsleiters? Wie Sie vermutlich schon vernommen haben, hat der hier anwesende Kommissar Méziani noch einige Dienstjahre vor sich, und ich bin sehr zufrieden mit ihm.«

Der Kommissar nickte. Die Röte war ihm bis zu den Backenknochen gestiegen. Ali sagte nichts. Er wartete ab.

»Oder könnten Sie womöglich«, fuhr der Polizeipräfekt fort, »den Platz Ihres Vorgesetzten einnehmen?«

Der Chef der Kriminalpolizei erlaubte sich ein Lächeln. Er schätzte solche kleinen Scherze, vor allem, wenn sie von seinem Vorgesetzten kamen. Der Inspektor sagte noch immer nichts. Er wartete ab. Der Polizeipräfekt faltete die Hände zur Raute, Finger gegen Finger: »Ich habe Ihren Fall gründlich studiert, mein lieber Ali, in jeder Hinsicht, aber vergeblich. In Anbetracht Ihrer Professionalität ist der Posten, den Sie bei der Polizei bekleiden, Ihrer Talente ganz und gar unwürdig. Und es wäre noch viel unwürdiger, Sie herabzustufen. Deshalb werde ich künftig auf Ihre Dienste wohl gänzlich verzichten müssen.«

Inspektor Ali seufzte vor Erleichterung: »Herzlichen Dank, Exzellenz. Sie haben mir eine schwere Last von den Schultern genommen.«

Er drehte sich halb zum Chef der Kriminalpolizei um und nahm die beiden anderen zu Zeugen: »Chef, seit einiger Zeit schon frage ich mich, wie ich Ihnen meine Kündigung nahebringen soll. Der Herr Polizeipräfekt hat die Frage geklärt. Ich habe eine mich zärtlich liebende Ehefrau, eine kleine Villa und ein wenig Geld auf der Seite. Endlich kann ich mich ganz dem Schreiben widmen. Leben Sie wohl!«

Er entwirrte seine langen Beine und stand auf.

»Sie sind ja verrückt«, erwiderte Kommissar Méziani.

»Verrückt? Warum?«

»Schriftsteller! Pfff!«

»Warum pfff?«

»Setzen Sie sich wieder hin!« herrschte ihn der Polizeipräfekt an. »Das ist ein Befehl.«

Der Zigarettenstummel war verglimmt. Ali deponierte ihn in seiner Tasche, man konnte nie wissen. Er lümmelte sich wieder in seinen Sessel. Mit öliger Stimme fragte er: »Wenn der Herr Polizeipräfekt höchstpersönlich mich in aller Frühe aus dem Bett geklingelt hat, dann muß es ja wichtig sein. Worum handelt es sich denn? Ist es schwerwiegend?«

Der Kripo-Chef ergriff das Wort: »O ja«, sprach er. »Es ist schwerwiegend, äußerst schwerwiegend. Wir haben einen hübschen Mord am Hals. Und er droht sich zu einer internationalen Affäre auszuwachsen, mit diplomatischen und polizeilichen Verwicklungen.«

»Aha«, machte der Inspektor. »So weit ist es schon?«

»Ja, so weit. Sie haben sicher schon von der Prinzessin Yasmina gehört. Sie hat im Trinity College studiert.«

»In was für einem Ding?«

»Cambridge, England, das Nonplusultra. Herr im

Himmel, unterbrechen Sie mich doch nicht andauernd! Letzte Nacht hat man sie tot aufgefunden. Erdrosselt.«

»Und ein Landsmann von ihr, auch er Student, wird des Mordes verdächtigt?« fragte Ali auf gut Glück.

Die Verblüffung manifestierte sich plötzlich dreidimensional: in einem, zweien, dreien vom Schlag getroffenen Gesichtern.

»Wie ...«, stotterte Méziani, »... wie haben Sie das denn erraten?«

»Elementar, mein lieber Kommissar. Wer küßt nur halb?«

»Was ...? Sie ... Sie ...«

»Die Lippe«, klärte der Inspektor mit einem breiten Lachen auf. »Die Lippe, im Singular nämlich. Sie kann nur halb küssen – im Gegensatz zu den Lippen, im Plural. Ein Halbkuß, sozusagen. Verstehen Sie jetzt?«

»Nein«, antwortete Méziani.

»Ich auch nicht«, schloß sich der Präfekt an. »Und auch mein Kollege von der Kripo nicht.«

»Es ist ganz einfach«, sagte Ali. »Ich bin ein leidenschaftlicher Anhänger von Kreuzworträtseln. Von früh bis spät löse ich welche in meinem Büro. Trainiert das Denkvermögen. Da ist ein Typ, den ich selbst aus grauester Vorzeit nicht kenne und der eine Begriffsdefinition vorschlägt. Ich schlüpfe in den Kopf dieses Typen, ich wühle, ich grabe, bis ich auf *seine Sprache* stoße. Alles andere geht dann von selbst. So habe ich die meisten meiner Fälle gelöst. Ein Kriminalfall ähnelt einem Kreuzworträtsel zum Verwechseln. Sind Sie jetzt zufrieden?«

»Noch nicht ganz«, erwiderte Méziani.

»Na schön!« rief Ali aus. »Konzentrieren Sie sich mal eine Sekunde, eben so lange, wie Sie brauchen, einen Zug Nikotin durch die Lunge zu jagen. Scotland Yard arbeitet bewundernswert gut. Einer von seinen Detektiven könnte, ohne die Hände aus der Hosentasche zu nehmen, den Mörder Yasminas überführen. Und erzählen Sie mir nicht, er habe unsere Polizisten zu Hilfe gerufen, nur weil es sich um eine Prinzessin handelt. Ich bin vor fünfunddreißig Jahren auf die Welt gekommen, und gestern hat es nicht geregnet. Die Schlußfolgerung springt also ins Auge: Der verdächtigte Landsmann ist nicht wirklich ein Student, sondern ein Leibwächter von Prinzessin Yasmina. Das heißt, um Köpfe mit Nägeln zu machen, jemand vom Geheimdienst. Und diesbezüglich ist die Polizei der einzelnen Länder ja sehr kooperativ. Wie hieß der Junge gleich noch mal?«

»Moussaoui.«

»Kenne ich«, sagte Ali. »Als ich mal nichts Besseres zu tun hatte, habe ich seine Akte studiert. Um wieviel Uhr geht der Flieger?«

»Um zwölf, Herrgott noch mal! Ihnen bleibt gerade noch Zeit, zum Flughafen zu fahren. Der Sonderauftrag ist ausgestellt, gegengezeichnet von, na Sie wissen schon wem.«

»Ich habe also freie Hand?«

»Völlig freie Hand«, bestätigte der Chef der Kriminalpolizei. »Passen Sie aber trotzdem auf, wohin Sie Ihre Füße setzen. Großbritannien ist nicht Marokko.«

»Ich gehe schon auf Eiern, seit ich zur Polizei gegangen bin«, entgegnete Inspektor Ali. »Und wie heißt doch gleich der Oberguru von Scotland Yard, dem ich beim Zwischenstopp in London unbedingt meine Aufwartung machen muß?«

»Westlake. Sir Henry Westlake. Sind Sie der Leibhaftige, oder was?«

»Da sei Gott vor!« rief Ali aus und reckte die Arme gen Himmel. »Nicht im geringsten. Ich habe nur die Akte, die der Herr Polizeipräfekt vorhin studiert hat, verkehrt herum mitgelesen. Aber ich habe den Namen dieses British gentleman nicht richtig rekonstruieren können. Meine Sehschärfe läßt nach.«

Alles brach in Gelächter aus. Der Inspektor verließ den Raum und zog die gepolsterte Tür hinter sich ins Schloß. Die Soldaten im Vorzimmer unterließen ihm gegenüber jegliche Ehrenbezeigung.

»Na so was!« sagte er. Und im Geist deklamierte er zwei Strophen von Emile Verhaeren:

O schöne Tage, früh schon glutgesäumt!
So starken Duft haucht das erwachte Land
Aus heißer Brust, daß, trunken übermannt,
All unser Sein sich auf zur Freude bäumt.

Ihr, meine Augen, laßt euch danken,
Unter der Stirn, die Alter schon umwittert,
Noch hell genug zu sein, das ferne Blinken
Des Lichtes gierig in euch einzutrinken,
Ihr, Hände, daß ihr in die Sonne zittert …

Okay! Diese Verse hatten nichts mit den Soldaten zu tun, und auch nichts mit diesem Fall, der ihn schon jetzt beschäftigte. Aber er fand sie eben schön, wunderschön, in völligem Einklang mit einem Morgen wie diesem.

Zunächst wurde diskret, wenn nicht sogar einvernehmlich gelächelt. Etliche »Hm« und »Ja« und »Soso«. Dann schlug der Polizeipräfekt mit majestätischer Geste den Deckel einer Kiste mit Zigarren auf. Der Chef der Kriminalpolizei wählte eine Davidson: Er rauchte eigentlich nicht, aber man hatte ihm so viel von dieser Marke erzählt, die so teuer und *in* war. Méziani sagte: »Nein, vielen Dank.« Sein Dienstgrad erlaubte ihm den Griff zur Zigarre noch nicht. Der Präfekt dankte ihm dafür mit einer Kinnbewegung. Er sagte: »Glauben Sie, daß er Erfolg haben wird, Kommissar?«

»Ich bin felsenfest davon überzeugt, Exzellenz.«

»Was läßt Sie so sicher sein?«

»Die Erfahrung. Dieser Mann ist in jeder Hinsicht ein Tausendsassa, den Beweis dafür hat er Ihnen vorhin ja geliefert. Und außerdem liebt er die Frauen. Sie sind seine Leidenschaft. Er kann es nicht zulassen, daß jemand ein hübsches Mädchen wie Prinzessin Yasmina umbringt. Er dürfte jetzt schon rasen vor Wut.«

»Und Sie, mein Lieber? Glauben Sie auch, daß sich unser nationaler Inspektor in Großbritannien als Schlitzohr gebärden wird?«

»Ja und nein!« gab der Chef der Kripo zurück. »Er ist so unberechenbar.«

»Gehen Sie auf Nummer Sicher«, endete der Präfekt. »Schicken Sie unserem Botschafter ein verschlüsseltes Fax.«

Ausgerüstet mit dem Sonderauftrag, der ihm freie Hand einräumte, ließ Inspektor Ali sich mit der Zentrale der Royal Air Maroc verbinden. Und mit eben der Chuzpe, die ihn so oft ans Ziel geführt hatte, erging er sich in Andeutungen über eine geheime, von hoher, ja höchster Stelle angeordnete Mission. Und so schaffte er es, den Abflug des Flugzeugs um zwei Stunden zu verzögern. Zeit genug, noch einmal zu Hause vorbeizuschauen und sich anständig anzuziehen. Zeit vor allem, Sophia in die Arme zu schließen und ihr das ewige Feuer seiner Leidenschaft zu schwören, ewig wie die Flamme der Olympischen Spiele. Und dann flüsterte er ihr noch gewisse Instruktionen ins Ohr.

3

Sir Henry Westlake lachte aus vollem Halse. Inspektor Ali lachte ebenfalls, aber seine Augen blieben kalt. Vor sich hatte er einen Mittfünfziger von der Statur einer Tabaksdose, der in einem abgetragenen Pullover und einer Hose mit abgewetztem Hinterteil steckte.

Was nach einigen Minuten größter Verbindlichkeit solche Heiterkeit bei diesem von Würde durchdrungenen Mann ausgelöst hatte, war Inspektor Alis britisches Outfit: Anzug im Citylook, Melone, Lackschuhe, Krawatte im Stil eines Oxford-Absolventen, Rundkragen, in der Armbeuge einen Regenschirm. Entgegen jeder meteorologischen Logik hatte es bei seinem Abflug vom Flughafen Mohammed V. in Strömen geregnet, während in London die Sonne strahlte.

Sir Henry hatte Mühe, seinen Gleichmut zurückzugewinnen.

»Entschuldigen Sie bitte«, sagte er.

»Keiner Männschen wert, ich bitte Sie«, war Alis Antwort.

»Wie bitte?«

»*Don't mention, please*, in der Sprache von John Wilbye, siebzehntes Jahrhundert. Sie kennen ihn doch sicher?«

»Nein«, erwiderte Sir Henry. »Glaube kaum.«

»Ach?« ließ sich Inspektor Ali vernehmen. »Dann hören Sie mal zu:

Love not me for comely grace
For my pleasing eye or face,
Nor for any outward part,
No, nor for a constant heart:
For these may fail or turn to ill,
So thou and I shall sever:
Keep, therefore, a true woman's eye,
And love me still but know not why –
So hast thou the same reason still
To doat upon me ever!

Zugegeben, seine Aussprache war ein bißchen ungehobelt, nicht unähnlich dem Akzent der Eseltreiber in der Medina, aber er hatte die besten Absichten der Welt. Bildete er sich zumindest ein. Er fügte hinzu: »Wenn ich nicht irre, hat der alte John Wilbye dieses Gedicht 1609 geschrieben. Ist übrigens längst tot. Nach der Lage der Dinge zu urteilen, wird er sich heute wohl im Grabe umdrehen, das arme Skelett. Überlegen Sie mal! Ein Mord in Cambridge, seiner Geburtsstadt.«

Einen Augenblick lang herrschte diplomatisches Schweigen. Das Büro war mittelgroß, die Decke hoch, die Wände bis zur halben Höhe mit Holz vertäfelt. Jenseits des schmalen Schiebefensters sattgrünes Blattwerk, in dem Lichtbündel tanzten. Der warme Geruch von Wachs. Zwei Sessel, von denen jeder wohl mindestens zwanzig Kilo wog. In dem einen saß Superintendant Sir Henry Westlake. Vor sich eine Tischplatte mit patiniertem Lederbezug, darauf ein Telefon mit Nummernscheibe und ein vollbeladener Pfeifenständer. Sir Henry wählte eine Pfeife aus und deutete damit auf den Inspektor. »Sie belieben zu scherzen, vermute ich recht?« fragte er.

»Eckzackt«, erwiderte Ali. »*Icksäcktli* auf gut englisch. Wenn ich diese dreihundertfünfzig Jahre alte Leiche erwähnt habe, dann nur, um die Rede auf eine andere Leiche zu bringen, die noch ganz warm ist. Die Leiche eines hübschen jungen Mädchens namens Yasmina.«

Sir Henry begann bedächtig seine Pfeife zu stopfen, so langsam, als zähle er alle Tabakkrümel durch. Ohne Ali anzublicken, sagte er: »Ich hatte zu verstehen geglaubt, man habe einen Ermittlungsbeamten abgestellt …«

»Eben der bin ich«, gab Ali zurück, »in Fleisch und Blut.«

»… und keinen Poesie-Liebhaber.«

»Ich bin beides in einer Person, das können Sie mir glauben. Wie jemand, der Tag und Nacht in sich vereint.«

»Na gut! Sie sind also gekommen, um zu versuchen, Ihren Kollegen vom Geheimdienst zu retten?«

»Aber nicht doch! Er kümmert mich nicht mehr als ein löchriger Socken. An Polizisten herrscht bei uns wirklich kein Mangel. Für den findet sich leicht Ersatz.«

Sir Henry beförderte aus seiner Hosentasche ein mit Edelsteinen besetztes Feuerzeug hervor.

»Hm! Dann interessieren Sie sich wohl mehr für Miss Yasmina? Weil sie eine echte Prinzessin ist?«

»Keineswegs«, entgegnete der Inspektor. »Um ihrer selbst willen interessiert sie mich. Ehe ich ins Flugzeug gestiegen bin, habe ich mich im Zentralarchiv umgesehen. Ich bin auf ein Foto von ihr aus jüngster Zeit gestoßen. Sie war jung und schön. So schön wie ein romantisches Gedicht. Wäre ich der Mörder gewesen, hätte ich drei Tage und drei Nächte lang mit ihr geschlafen, ohne zu essen oder zu trinken. Und ohne zu rauchen. Sie wäre vor lauter Lust gestorben. Und ich vermutlich auch.«

Hier begann Henry Westlake sich ernstlich zu fragen, ob sein Gegenüber nicht ein wenig wirr im Kopfe war. Sein Gesicht war scharlachrot angelaufen. Das Feuerzeug, an dessen Rädchen er drehte, wollte einfach nicht funken. Dabei war es ein edles Stück. Schließlich stand Ali auf und hielt ihm seines hin, mit seiner vier, fünf Zentimeter hohen Flamme. Der Geruch von Benzin legte sich über den Wachsgeruch.

Der Superintendant öffnete eine Schublade seines Schreibtisches und holte einen Aktendeckel mit Gummiband hervor.

»Bitte sehr! Das ist der vollständige Bericht, wie ihn uns die örtliche Polizei hat zukommen lassen. Verhöre, Zeugenaussagen, Autopsiebefund. Den prosaischen Stil müssen Sie bitte entschuldigen.«

»Ich kann nicht lesen«, gestand Ali.

Westlake lachte kurz.

»Diesen Umstand habe ich bereits vorausgesehen.«

»*That hazard*, vermute ich recht?« fragte Ali.

»O ja. *Hazard*, Umstand. Deshalb habe ich es bereits für Sie ins Arabische übersetzen lassen.«

»In welches Arabisch denn? Es gibt schließlich mehrere.«

»Ins klassische.«

»Schwierig«, sprach der Inspektor. »Ich kann nur Marokkanisch. Nur mündliches Arabisch, meine ich. Das Marokkanische wird nicht geschrieben, wissen Sie.«

Sir Henry entleerte seine Pfeife in den Aschenbecher. Er rammte den Pfeifenkopf regelrecht hinein, stampfte den noch rot glühenden Tabak fest, zermalmte ihn gründlich. Es brauchte ja nicht viel, um einen Brand auszulösen. Einen inneren Brand. Inspektor Ali hob den Finger.

»Sir!«

»Ja bitte?«

»Des Lesens unkundig wie ich bin, erlaube ich mir, meiner Phantasie freien Lauf zu lassen, wenn Sie gestatten.«

»Ich höre.«

»Also folgendes: Sie haben mich vorhin zum Kollegen vom Geheimdienst befragt. Und ich habe Ihnen gesagt, was ich von seinem Schicksal halte, falls er überhaupt des Mordes schuldig sein sollte. Frage: Kommen die Mörder hier noch an den Galgen?«

»Nein«, erwiderte Sir Henry. »Die Todesstrafe wurde in den 60ern abgeschafft, unter der Regierung von Wilson.«

»Wunderbar! Frage: Alles deutet darauf hin, daß er der Schuldige ist, aber Sie können ihn nicht überführen. Habe ich recht?«

»So in etwa.«

»Aber er hat ein Alibi?«

»Ja. Woraus haben Sie das denn geschlossen?«

»Weil Sie mich eigens aus meinem Kaff haben einfliegen lassen. Mein Lebenslauf ist mir vermutlich vorausgeeilt. *Curriculum vitae*, wie es bei uns heißt. Sagt man in Peter Cheneys Sprache auch *curriculum vitae*?«

»Durchaus«, stimmte Westlake zu.

Er fing an, eine neue Pfeife zu stopfen. Und unterbrach sich alsbald. Er mußte auf seine Gesundheit achten. Zu hoher Blutdruck. 160 zu 100 nach dem letzten Befund. Ali rauchte seit Beginn ihrer Unterredung Zigarette um Zigarette, pausenlos. Der Superintendant erhob sich und öffnete das Fenster, öffnete die Tür, um so etwas wie einen Luftzug zu erzeugen. Was dieser *damned fool* da rauchte, war noch nicht mal Tabak. Wohl eher Kif, wenn nicht gar eine Schnur aus Hanf. Er kehrte wieder an seinen Platz hinter dem Schreibtisch zurück und fragte höflich: »Da Ihre Schlußfolgerung in der Tat korrekt ist, würden Sie mir bitte mitteilen, welche Gedankengänge Sie dorthin geführt haben?«

Inspektor Ali rieb sich die Hände, als wüsche er sie mit Seife.

»Aber mit Vergnügen«, antwortete er mit strahlendem Lächeln. »Wo kommt man nach dem Hölzchen hin?«

»Wie bitte?«

»Where do we come to after the wood?«

In just diesem Moment wurde es Westlake sonnenklar, daß dieser lange lustige Lulatsch nicht ganz bei Verstand war. Es fehlte nicht viel, und er hätte an seinem eigenen gezweifelt.

»Was hat denn das Holz darin zu suchen?«

»Das Hölzchen. Es kommt vor dem Stöckchen. Und umgekehrt kommt das Stöckchen nach dem Hölzchen. ›Vom Hölzchen aufs Stöckchen kommen‹, ist doch klar. *To come from the wood to the stick*, hey? Klarer läßt sich wohl kaum argumentieren.«

Da öffnete Sir Henry seine Schreibtischschublade, umklammerte ein Silberdöschen, holte eine rosafarbene Antihypertoniepille hervor, legte sie auf die Zungenspitze und schluckte sie hinunter. Dann musterte er reglos dieses maghrebinische Phänomen. Dabei dachte er angestrengt nach, in allen Hirnwindungen. Nach einer Weile glaubte er zu verstehen. Er lächelte aus den Mundwinkeln. Und sagte: »Sie haben sicher mächtig viel Spaß mit Ihren Kollegen, vermute ich recht?«

»Eckzackt«, antwortete Ali. »Unser Gelächter ist manchmal so donnernd, daß die Passanten vor dem Polizeihauptquartier zusammenströmen. Das überdeckt dann das Stöhnen der Verdächtigen, welche man im Keller demokratisch verhört.«

»Wie bitte?« fragte der Superintendant.

»Icksäcktli.«

»Hm! Wir in Scotland Yard haben kaum Gelegenheit, uns derart zu amüsieren. Deshalb wäre ich Ihnen dankbar, wenn Sie mir einen Moment … hm! … Pause gönnen könnten. Aber ich verstehe immer noch nicht, wie Ihr Gehirn eigentlich funktioniert.«

»Ich bin nicht logisch«, erklärte der Inspektor. »Ich bin unlogisch. Die Kriminellen scheinen auch unlogisch zu sein. Um die scheinbare Unlogik ihrer Handlungen zu begreifen, genügt es mir, vom Hölzchen aufs Stöckchen zu kommen. Von meiner Logik zu ihrer. Im Lauf der Jahre ist mir das zur Gewohnheit geworden. ›Die Gewohnheit ist eine zweite Natur‹, sagte der Soziologe Ibn Khaldun. Die Formel klingt logisch. Ich kehre sie um: ›Die Natur ist eine zweite Gewohnheit.‹ So dringe ich in jedes Rätsel ein, mit dem ich konfrontiert werde. Und wenn ich Ihnen wie ein Idiot vorkomme, dann nur, weil ich wirklich einer bin.«

»Ach«, machte Westlake.

»Eckzackt«, sprach Ali.

Plötzlich schnipste er mit dem Daumen gegen den Mittelfinger: »Reichen Sie mir mal die Akte. Nein, nein! Nicht die arabische Übersetzung. Das Original, in der Sprache von Shakespeare William. Es wird doch wohl noch irgendwo in diesem Büro herumliegen, schließlich können Sie ja kein Arabisch, hey?«

Er las sie in Windeseile, von hinten nach vorn, kreuz und quer, im Zickzack zwischen den Absätzen hin- und herspringend und immer wieder zurückblätternd. Er machte sich keinerlei Notizen: Sein Kugelschreiber hatte schon lange keine Kugel mehr.

»Aber das ist doch sonnenklar!« rief er aus. »Finden Sie nicht auch, Sir Henry?«

Diese schlichte Frage hätte fast einen Mord in den heiligen Hallen von Scotland Yard provoziert: einen Mord an Inspektor Ali, begangen durch Superintendant Westlake.

Sie speisten wie alte Freunde in einem Restaurant in Mayfair zu Abend. Ali hatte kaum Hunger. Nein, danke, keinen Sellerie. Auch kein Kohlpüree und keine Erbsen, keine Kartoffeln, und seien sie auch in Alufolie im Ofen gebacken. Nur eben ein Steak, groß und dick. Und bitte schön blutig. Er ließ ihm noch vier weitere vom selben Kaliber folgen. Fleisch aus Aberdeen, saftig und zart, wie man es sich zarter und saftiger nicht wünschen konnte. Er hatte in Tnine Chtouka, einem Tiermarkt zwischen Casablanca und El Jadida, davon erzählen hören. Hep! Miss, bitte noch Brot! Er hatte sich die Serviette um den Hals geknotet, um seinen schönen Anzug nicht schmutzig zu machen.

In Sir Henrys Teller betrachtete derweil eine schwarze Wurst ein neben ihr ausgebreitetes Ei. Vielleicht fragte sie sich, warum das Eigelb flüssig, wohingegen das Eiweiß gebraten war? Inspektor Ali wandte schamhaft den Blick ab. Am Nachbartisch nahm ein Liebespärchen jede Anstrengung auf sich, um sich ja nicht in die Augen zu sehen. Die Haare der jungen Frau waren kürzer als die ihres Mannes. Ihr Ehering war aus gedrechseltem Gold, und sie ließ ihn unablässig um ihren Ringfinger kreisen. Manchmal hauchte sie einen Kuß darauf. Sie hatte volle Lippen. Beider Ohren waren feuerrot. Und die Flasche Burgundy halb leer. Der Mann redete und redete. Die junge Frau warf hin und wieder eine Floskel in seinen Redeschwall, die sie zu nichts verpflichtete, zum Beispiel: »Really?«, »Indeed?«, »Oh dear!« Meist aber kicherte sie nur kurz. Das Dorf, in dem sie eine Woche Urlaub gemacht, wenn nicht gar ihre Flitterwochen verbracht hatten, war das reinste Gemälde, etwas wie Saillans, Frankreich, Drôme, drei dominierende Farben: Ziegelrot, Himmelblau, Grasgrün. Schade, daß ihr die ganze Zeit unter Migräne gelitten habt, Liebste! Zweifellos die Hitze ...? Zwischen ihnen zwei Kebab auf einem Bett aus Reis. Keiner hatte seines angerührt. Ali band sich die Serviette ab, säuberte sorgfältig seinen Schnauzbart.

»Noch einen Kaffee?« schlug Westlake vor.

Er hatte sich mit geschlossenem Mund an seiner Mahlzeit delektiert, weiß der Himmel warum!

»Nein, danke, nur ein bißchen heißes Wasser bitte«, antwortete der Inspektor.

Man brachte ihm einen Topf voll Wasser. Ein Schafslederbeutel klemmte zwischen seinen Beinen. Er zog eine heimische Teekanne daraus hervor – *made in Sheffield, UK* –, eine Handvoll grünen Tee, ein zerknittertes Minzenbüschel, am Morgen frisch in seinem Garten gepflückt, marokkanischen Zucker, ein ziseliertes Glas. Er bereitete sein vertrautes Gebräu zu und schlürfte mit höchstem Genuß. »Allah!« rief er dreimal aus. Er dachte kaum noch an Sophia. Geschweige denn an seinen Ermittlungsauftrag. Zeit war Zeit, und das Leben hatte sich noch immer auf die Seite des Lebens geschlagen.

»Ich habe Ihnen ein Hotelzimmer ganz in der Nähe von Scotland Yard reserviert«, sagte Sir Henry.

»Merci vielmals«, erwiderte Inspektor Ali. »Ich steige im Bonnington ab, in der Southampton Row. Kennen Sie es?«

»Sie versagen sich aber auch nichts.«

»Nein, absolut nichts.«

Der Superintendant zeigte ein feines Fuchslächeln. Er sagte: »Ich hoffe, Sie werden sich mit Inspektor Kelly in Cambridge verstehen.«

»Ich würde mich noch mit einem Taubstummen verstehen. Ich bin äußerst gutmütig.«

Sie standen auf und verließen das Lokal. Zwei oder drei Minuten später räumte ein junges Mädchen mit Schürze den Tisch ab. Sie sah auf den Stuhl, wo kurz zuvor noch dieser Mann mit offenem Mund gegessen hatte. Sie sah auf den Boden: ein Haufen Krümel, der ein Taubenpärchen im Hyde Park hätte ernähren können. Nachdenklich ging sie Schaufel und Besen holen.

4

Inspektor Ali trat über die Schwelle des Hotels Bonnington und blieb sogleich wie angewurzelt in der Halle stehen. Von der Rezeption sah ihm ein junges Mädchen mit braunem Teint entgegen. Er lüpfte seine Melone und ging auf sie zu.

»*Ntsiyya men bledi?*« fragte er sie auf marokkanisch. »Bist du aus meiner Heimat?«

»*Iyyeh*«, antwortete sie. »Ja. *Msal chir.* Guten Abend.«

Sie lächelte. Sie hatte ihre Muttersprache zwar nicht vergessen, hatte aber einen leicht britischen Akzent. Köstlich. Inspektor Ali folgerte daraus, daß sie schon vor langer Zeit hierher gekommen war.

»Und woher?«

»Aus Tanger.«

»Lieber Gott!« rief Ali aus. (Er küßte ihr die Hand.) »Nicht möglich! Das sind die Allerschönsten, zwischen Orient und Okzident, Afrika und Europa – Mädchen ohne Grenzen gewissermaßen.

Ich habe es sofort an deinem Akzent erkannt. Ein Mädchen aus Tanger in London, unglaublich! Und wie heißt du mit Vornamen?«

»Samira.«

»Ich bin Ali. Inspektor Ali.«

Er zeigte ihr seinen Dienstausweis und den Ausweis von Scotland Yard, den Superintendant Westlake ihm gerade erst übereignet hatte. De facto hatte er ihn ja eingefordert, eine Hand wäscht die andere.

»Nicht nötig«, sagte Samira. »Wir haben heute früh ein Fax von der Botschaft bekommen. Dein Appartement erwartet dich. Dein Gepäck ist schon oben. Herzlich willkommen!«

»Ich habe es nicht so eilig. Hast du schon mal einen Hasen im Pfeffer laufen sehen?«

Sie lachte laut los. Es war ein frisches Lachen, eine wahre Gebirgsquelle. Im nächsten Moment hatten sie es sich in einem kleinen Salon bequem gemacht, nur sie beide, abseits aller fremden Idiome. Sie blieben fast eine Stunde dort: Samiras Dienst war so gut wie um. Sie tranken literweise Minztee, den Ali nach alter Tradition zubereitete: lange ziehen lassen, kaum zuckern, mit Ambra parfümieren, aus großer Höhe in die Gläser gießen, damit er schön Luft bekommt. Der Inspektor stellte keine Fragen – keine einzige. Er begnügte sich, Tanger zu beschreiben, wie es zehn oder fünfzehn

Jahre zuvor gewesen war. Er hütete sich, den wirtschaftlichen Aufschwung zu erwähnen, der die Stadt modernisiert und erschüttert hatte, wie fast alle Städte des Königreichs – selbst die alte Medina von Fez hatte man gepflastert … Er hätte sich lieber die Zunge abgebissen, als über die jungen Marokkanerinnen von heute zu reden: Kommunikationsspezialistinnen, Anwältinnen, Ärztinnen, Biologinnen, Informatikerinnen. Er wußte, was er tat: Auf alles konnte man verzichten, nur nicht auf die Kindheit.

Samira hatte die Geräusche, die Farben und Gerüche von früher mitgebracht und sie in ihrem Gedächtnis gleich einer Fata Morgana aufbewahrt. Sie mußte um die Dreißig sein, aus der Nähe betrachtet. Als Heranwachsende hatte sie das patriarchalische, oder besser matriarchalische Joch abgeschüttelt. Sie hatte ihr Land verlassen und war seitdem nie mehr zurückgekehrt. Sie hatte die britische Staatsangehörigkeit erhalten – dritter Klasse oder so etwas Ähnliches. Sie hatte einen guten Job und ihre Freiheit als Frau. Nein, verheiratet war sie nicht, noch nicht einmal verlobt, da tat sich nicht viel: aber war das denn so wichtig? Sie war nicht völlig einverstanden mit dem Verfall der Sitten. Das war der Ausdruck, den sie gebrauchte: »Verfall«. Und alle wollten von früh bis spät mit ihr über die Islamisten diskutieren und die anderen algerischen

Halsabschneider im Namen der Religion. Und eigentlich wußte sie nie, was sie antworten sollte.

Nanu, sagte sich Inspektor Ali. Was habe ich denn da ausgelöst? Ich werde sie doch wohl nicht mit ins Bett nehmen heute nacht, um sie zu trösten? Sie hat nichts, aber auch nicht das geringste mit meinen Ermittlungen zu tun.

Er spürte, daß die Schleusen des Heimwehs sich gleich öffnen würden, und wußte aus Erfahrung, daß dies das Hauptproblem Ende des zwanzigsten Jahrhunderts war: die unendliche, unermeßliche Einsamkeit der Menschen weltweit. Deshalb begann er schnell eine Anekdote zu erzählen, die geeignet war, die Haare auf dem Kopf eines Marokkaners zu Berge stehen zu lassen. Er drückte Samira einen Kuß auf jede Wange und sammelte Teekanne und Schafslederbeutel ein. Er legte die Hand aufs Herz und sprach: »Eine Nacht voller Glanz wünsche ich dir, meine hübsche Gazelle.«

Ehe er hoch in sein Zimmer ging, gab er ihr noch genaue Anweisungen, die sie den Kollegen von der Rezeption übermitteln sollte. Die Augen des jungen Mädchens weiteten sich.

Das Schild mit der Aufschrift DON'T DISTURB hängte er draußen an den Griff. Mit Hilfe eines Plastikstreifens blockierte er den Riegel und zog die Tür ins Schloß. Von innen verriegelte er nicht. Langsam drehte er sich um und richtete seinen Blick geradeaus, als wär's ein Strahl der aufgehenden Sonne. Eingangsbereich, Salon, Schlafzimmer mit angrenzendem Bad. Solche »Suiten« hatte er in vielen Ländern gesehen, alle gleich unpersönlich, als ob die Erde sich gar nicht mehr drehte. Internationale Möbel. Und die unvermeidliche Minibar, der allgegenwärtige Fernseher. Aus der Innentasche seines Sakkos zog er ein winziges Höschen hervor, legte es auf sein Kopfkissen. Er löschte das Licht, streckte sich lang aus, ohne sich auszuziehen und sogar ohne die Schuhe abzustreifen. In der Nase die köstliche Mischung aus dem Duft einer Frau und Patschuli, schlummerte er glücklich ein. Wenn er überhaupt träumte, dann von einem Hammel mitsamt seinen vier Keulen.

Der Duft nahm am frühen Morgen Gestalt an. Noch ehe er richtig aufwachte, hatte Ali den Arm schon ausgestreckt und eine triumphierend aufgerichtete Brust gestreift. Als er sich klar wurde, daß sie nackt war, die junge Frau, wurde er schlagartig wach. Er setzte sich aufrecht hin und sog ihren Duft in vollen Zügen ein. Sie versuchte ihn zu sich zu ziehen, ihn zu küssen. Aber er achtete gar nicht darauf: jetzt ging ihr Vergnügen vor. Züngelnd schickte er sich an, sie zu lecken, von den Zehen bis zum Haaransatz, von vorn, von hinten, und von beiden Seiten. Sie keuchte. Er auch. Mit zwei knappen Gesten entledigte er sich seiner Socken. Seine Hose allerdings ließ keineswegs mit sich reden. War taubstumm geworden. Fünf Minuten lang mühte der Inspektor sich an seinem Reißverschluß ab, aber der stellte sich stur.

»Hilf mir mal!« rief er. »Zerreiß mir diese gottlose Hose doch mit deinen Zähnen.«

Sie versuchte es. Vergeblich. Es war solides Kammgarn, hergestellt in Leeds, GB.

»Hast du nicht zufällig eine Schere dabei?«

»Nein.«

Sie prustete unterdrückt.

»Ruf unten an. Drück auf den Knopf *laundry*. Meine Eier platzen gleich.«

Da brach sie in hemmungsloses, schallendes Gelächter aus. Ali kreuzte die Arme.

»Und das findest du lustig?« fragte er.

»Ja«, gab Sophia zwischen zwei Schluckaufs zurück.

Um die Butter besser auf dem Toast zu verstreichen, hatte Ali nach einem scharfen Messer verlangt. »*Yes, sir. Xactly*. Ein Messer, das schneidet.« Von oben bis unten aufgeschlitzt, ruhte seine Hose gleich einer Vogelscheuche im Papierkorb. Nicht anders sein Slip. Auf dem Frühstückstablett Olivenkerne und ein halbes, mit Kumin bestreutes Ei. Nein, der Inspektor hatte keinen großen Hunger. Selbst jetzt, da er nur einen Jogginganzug trug, fühlte er sich ums Becken herum noch immer eingeschnürt.

Sophia kam aus dem Badezimmer. Sie war vollständig angezogen, und er fragte sich, warum. Ihre dichte Mähne hatte sie zusammengebunden, eingerollt, zum Knoten gedreht. Sie lächelte reuig.

»Gut so?« fragte sie.

»Dreh dich um drei Viertel. Geh ein Stück zurück. Neige den Kopf ein wenig, nach links. Beweg dich nicht.«

Er musterte sie lange mit dem Blick eines erfahrenen Cineasten.

»Geht so«, schloß er. »Von weitem und im Gegenlicht. Am besten wäre es, du schnittest dir die Haare auf Schulterhöhe ab.«

»Willst du das?«

»Nein!« brüllte er. »Nicht im geringsten. Ich werde mich schon durchmogeln. Hast du das Video dabei?«

»Natürlich.«

»Leg es ein. In diesem Herrschaftsgemach ist irgendwo ein Videogerät. Sieh es dir mehrmals an. Nimm es mit allen Augen in dich auf. Inzwischen werde ich mich unten im Salon ein bißchen abregen. Bis nachher, mein Schatz.«

Er wandte sich zur Tür und machte sofort wieder kehrt. Mit dem Daumen hob er Sophias Kinn an.

»Ist es gerade losgegangen?« fragte er.

»Dir entgeht aber auch gar nichts!« fauchte sie ihn an.

»Eben unter der Dusche? Da ich keine Frau bin, darf ich wohl fragen, wie lange es dauert?«

»Hau ab!«

»Ich hau gleich ab. Wie lange?«

Er wirkte peinlich berührt.

»Vier oder fünf Tage«, sagte sie schließlich.

Spontan beschloß er, die Untersuchung könne durchaus vier oder fünf Tage warten. Und zum Teufel mit Scotland Yard und der vereinigten Polizistenbagage des Vereinigten Königreichs!

Inspektor Ali hatte es sich im besten Sessel des Salons bequem gemacht, die Füße auf einen kleinen Schemel gebettet, und fühlte dem Hotel auf den Zahn. Sein Blick war geschärft, seine Ohren gespitzt wie die eines Fuchses, der der Beute auflauert. In der nahen Eingangshalle klebte ein Schwarm von Japsen an einem mit Chronometer und Stadtplan ausgerüsteten Landsmann – vermutlich einem Reiseleiter. Männer wie Frauen waren nicht größer als einen Meter sechzig, maximal einen Meter fünfundsechzig. Sie hatten alle dieselbe Gürteltasche um die Taille geschnürt, denselben Fotoapparat vom Hals herabbaumeln. Die meisten von ihnen waren bebrillt. Ihre Münder öffneten sich über vorstehenden Zähnen. Ali verstand kein Wort Japanisch, aber was er hörte, war ungemein interessant. Liftjungen schoben vollbeladene Gepäckkarren durch die Gegend, ein Gentleman in Shorts trug am ausgestreckten Arm seinen Anzug am Bügel herum. Mit Hilfe eines kleinen Zerstäubers benetzte ein anderer Gentleman die Blumenvasen und entfernte sorgsam jede Blüte, die ihm nicht mehr ganz taufrisch erschien. Vielleicht ein Gärtner? Wer weiß!

Ali sichtete eine Tageszeitung. »Nein danke!« hatte er lächelnd abgewinkt. »Nicht die *Times*. Auch nicht *Le Monde*. Bringen Sie mir einfach ein hiesiges Käseblatt.« In der Nichtraucherzone nebeneinander auf einem Kanapee sitzend, plauderten zwei charmante Damen wie Collegeschülerinnen miteinander. Die eine der beiden hieß Dolly. Glaubte der Inspektor jedenfalls zu verstehen: etwa zehn Meter trennten sie von ihm.

Ein kleiner Artikel zog seine Aufmerksamkeit auf sich: *Genf. Von unserem Korrespondenten. In einer evangelischen Kirche in der Nähe von Bern wurde am Samstag erstmalig in der Schweiz eine religiöse Zeremonie für ein homosexuelles Paar durchgeführt. Die beiden Männer, ein in der Psychiatrie tätiger 32jähriger Krankenpfleger und ein 29jähriger Masseur, haben sich Liebe und Treue geschworen und im Beisein der ihnen Nahestehenden die Ringe gewechselt.*

»Haha!« lachte er auf. »Sind uns ganz schön weit voraus, diese Helvetier. Wird wohl noch eine Weile dauern, bis sich zwei Bärtige in der Moschee das Jawort geben. Hihi!«

»Sie haben mich gerufen?« erkundigte sich der Maître d'Hôtel, der plötzlich mit seinem Tablett vor ihm stand. »Eine Erfrischung gefällig, Sir?«

»Nein, danke«, erwiderte der Inspektor. »Oder vielleicht doch: Mandelsaft mit einem Hauch Puderzucker. Oder Granatapfelsaft, wenn Ihnen das lieber ist.«

»Ich fürchte, wir ...«

»Dann eben nichts. Einen guten Tag wünsche ich Ihnen.«

Am anderen Ende des Salons war Miss Dolly ganz aus dem Häuschen: »Stellen Sie sich nur vor!« fuhr sie fort, die Wangen entflammt, »achtzehn Jahre lang habe ich versucht, den Führerschein zu machen, dreiundvierzigmal in achtzehn Jahren. Und ... gestern habe ich die Prüfung bestanden.«

»O Liebste!« rief ihre alte Freundin aus. »Wirklich? Wie freue ich mich für Sie! Aber dann können Sie sich ja endlich ein Auto zulegen!«

»Ich? Aber nicht doch! Warum sollte ich auf die

öffentlichen Verkehrsmittel verzichten, die so bequem und praktisch sind? Sehen Sie, ich habe den Führerschein nur zum Vergnügen gemacht. Einzig und allein zum Vergnügen.«

»Oh! Dolly!«

Ali übersprang die Rubrik »Heirat und Bekanntschaften«: Er war schon verheiratet. Er übersprang ebenfalls die Rubrik »Unsere Freunde, die Tiere« – eine ganze Seite. Es gab so viele ausgestoßene Menschen. Genüßlich konsultierte er sein Horoskop:

HERZ: in Gefühlsdingen handeln Sie manchmal überraschend leichtfertig, wenn man um Ihr Verantwortungsgefühl weiß.

BERUF: kleine Widrigkeiten können den geregelten Alltagsablauf stören.

GESUNDHEIT: auch im Urlaub sollten Sie jeden Müßiggang meiden. Sie wären eventuell lieber anderswo … vielleicht irgendwo am Strand.

»Donnerwetter!« sagte er sich. »Die reden ja von mir in der Zeitung. Das hat man davon, wenn man berühmt ist!«

Auf der letzten Seite stand eine eingerahmte Meldung: *Königin Viktoria, die von 1837 bis 1901 regiert hat, sei unter Umständen ein uneheliches Kind ohne jeden Anspruch auf die Thronfolge, so zwei schottische Forscher, die die Vergangenheit der Regentin und ihrer Vorfahren näher untersucht haben. Ihnen zufolge habe kein einziger königlicher Vorfahre Viktorias die Veranlagung zur Bluterkrankheit gehabt, die sie ihren Kindern vererbt hatte. Königin Viktoria wäre somit die Frucht einer außerehelichen Beziehung ihrer Mutter. Die beiden Forscher – die ungenannt bleiben möchten – stellen die Hypothese auf, daß der Herzog von Kent nicht der wahre Vater Viktorias ist, sondern daß er, damals schon über Fünfzig und eine Sterilität befürchtend, seine Frau ermutigt habe, eine außereheliche Beziehung einzugehen, um die Chance, einen Thronfolger zu bekommen, zu erhöhen.*

Wie von der Tarantel gestochen, stand Inspektor Ali auf und eilte davon in Richtung Herrentoilette. Er brauchte Ruhe, um nachzudenken. Und wenn die Mutter von Viktoria dem Drängen ihres Zuhältergatten nicht nachgegeben hätte, hey …? Und wenn der Vater jenes anderen Regenten nicht …

»Halt bloß die Klappe!« rief er sich wütend zur Ordnung. »Mund zu und gepinkelt!«

Da erst stellte er fest, daß alle Pissoirs viel zu niedrig für ihn waren, obwohl die Eingeborenen in diesem Land doch hochgewachsen sind. Und wenn dieses Luxushotel sich schon auf seine japanischen Kunden eingestellt hätte? Weiß der Himmel!

Sir Henry Westlake rief so gegen Mittag an. Wenn er erstaunt war, am anderen Ende der Leitung eine Frau vorzufinden, so war doch seiner Stimme nichts davon anzumerken. Sophia stellte sich vor und begrüßte ihn. Er war um so entzückter, als sie fließend Englisch sprach und noch dazu mit BBC-Akzent. Er ließ sich auf einen Schlagabtausch höflicher Floskeln ein. »Jungverheiratet? Hm! Verstehe.« Er verstand überhaupt nichts. Wie konnte ein mit einem Sonderauftrag betrauter Polizeiinspektor derart ungeniert Beruf und Privatleben miteinander verbinden? Andere Länder, andere Sitten, vermute ich mal. Kelly hatte ihn vom Trinity College aus angerufen und sich erkundigt, ob der Flieger aus Casablanca sich nicht zufällig verspätet habe oder von Terroristen entführt worden sei. Kelly hatte nichts dergleichen in den Nachrichten gehört. Aber vielleicht verfügte Scotland Yard ja über Informationen aus erster Hand. Der Coroner habe angekündigt, die Zeugenaussage vor Gericht zu vertagen. Das Foreign Office verlange Erklärungen. Um 14 Uhr 23 gebe es einen Flug von London nach Cambridge. Sophia antwortete schlicht: »Das Problem mit meinem Mann ist, daß ich zwar sehe, was er sieht, und höre, was er hört, aber ich weiß nicht, was er tut. Er weiß es übrigens selbst nicht.»

»Dachte ich mir schon«, stimmte Sir Henry zu.

»Jedenfalls wäre ich Ihnen dankbar, wenn Sie Ihrem Gatten meine Botschaft übermitteln könnten.«

Der fragliche Gatte saß Sophia direkt gegenüber. Mit dem Zeigefinger gab er das Signal, ihn zu verleugnen.

»Sie können sich darauf verlassen, Sir Henry.«

Das war an einem Dienstag. Er rief am selben Abend noch einmal an, dann am folgenden Tag, am darauffolgenden Tag ... Am Samstag kam er höchstpersönlich vorbei, um zu sehen, was es Neues gab. Er hatte eigens eine Schachtel Pralinen erstanden. Seine Gedanken drehten sich im Kreis, und er hatte das verdammte Gefühl, in einer ähnlich ungemütlichen Lage wie die Blauhelme in Bosnien zu sein. Tod und Teufel! Niemand anders als er selbst hatte die marokkanischen Behörden alarmiert! Ein Fauxpas, wie er schlimmer nicht hätte sein können – und das nach dreißigjähriger Berufserfahrung und einer glänzenden Erfolgsbilanz.

Inspektor Ali empfing ihn mit äußerster Liebenswürdigkeit. Er hatte Djellaba und Babuschen an.

»Sind die für mich?« fragte er. »Wie aufmerksam von Ihnen!«

Er schnappte sich die Pralinenschachtel, öffnete sie, vertilgte zwei oder drei Stück.

»Cadbury's Roses!« rief er aus. »Das sind mir die liebsten. Esse ich heute zum erstenmal.«

»Madame«, sagte Sir Henry und neigte den Kopf in Richtung Sophia.

Sophia stand am Fenster und wandte ihnen den Rücken zu. Sie sagte: »Angenehm«, aber sie bewegte sich nicht mehr als eine Statue. Das Tageslicht ließ stellenweise ihr feuchtes Haar auffunkeln, das sich ihr in Kaskaden bis über die Taille ergoß.

»Sie hat sich gerade erst die Haare gewaschen«, erklärte Ali. »Und jetzt trocknet sie sie an der Sonne wie bei uns zu Hause. Sie verabscheut diese elektrischen Geräte, die einen mit Heißluft vollpusten und einem die Kopfhaut ablösen. Sie kennen ja die Frauen, Sir Henry.«

»Äh!« machte dieser. »Nicht wirklich.«

»Macht auch nichts. Wir werden uns jetzt setzen und friedlich unterhalten, von Mann zu Mann. Kümmern Sie sich nicht um sie. Sie ist scheu und anschmiegsam, bescheiden, gehorsam und so weiter. Tun Sie einfach so, als sei sie nicht da.«

Sophia unterdrückte ein Lachen. Sie drehte sich nicht um. Westlake nahm Platz. Er fing schon an zu bedauern, überhaupt gekommen zu sein. Er hätte den Fall besser gleich abschließen sollen.

»Einen Whisky?« schlug der Inspektor vor.

»Nein, vielen Dank. Später vielleicht.«

»Dann eben später. Ich habe eine Flasche Bow More gefunden, einen puren Single Malt. Genau den, den Sie abends immer mit Ihrer lieben Gattin gesüffelt haben, ehe sie abgereist ... sagen wir verschwunden ist, nicht wahr?«

Sir Henrys Adamsapfel hüpfte heftig. Er sprach mit tonloser Stimme: »Woher wissen Sie?«

»*Élémentaire, mon cher.* Ich habe mich erkundigt. Gehört schließlich zu meinem Beruf. Ich bin Bulle.«

Es trat ein langes Schweigen ein. Der Mann von Scotland Yard betrachtete angelegentlich seine Fingernägel. Sein Gesicht war puterrot. Seinem linken Daumennagel hätte eine Feile nicht geschadet. Mit gleichmäßiger Stimme sprach Ali weiter: »Ich bin kein Spürhund, der mit Lupe und Metermaß durch die Gegend läuft. Deshalb bin ich auch nicht gleich zum Ort des Verbrechens gestürzt, wie es Ihnen vielleicht wünschenswert erschienen wäre. Ich bin hier geblieben und habe nachgedacht, habe Abstand gewonnen vom Untersuchungsbericht. Das Bett ist gut, das Essen so lala. So viel zum ersten Punkt. Und zum zweiten: Seit einigen Tagen dürfte im Trinity College das Gerücht umgehen, daß Sie einen marokkanischen Polizeiinspektor angefordert haben, einen, der nicht ganz so zivilisiert ist wie die Ihrigen. Der Mörder weiß das vermutlich. Er wartet. Er wird unruhig. Ich lasse ihn warten, unruhig werden. Ich lasse die Leute gern in ihrem eigenen Saft schmoren. Und schließlich der dritte Punkt: Ihre Kollegen haben bewundernswert gut gearbeitet, vor allem Inspektor Kelly. Während ich untätig war, habe ich mehrfach den Bericht gelesen. Ich habe jedes Wort analysiert, in jeder Richtung. Ich habe meine ›Hölzchen-auf-Stöckchen‹-Methode angewandt, von der ich Ihnen neulich erzählt habe. Und heute glaube ich sagen zu können, daß ich allmählich klarsehe: ich weiß jetzt, wie ich an die Sache herangehen muß. Es ist wie ein Garnknäuel: es genügt, das richtige Ende zu finden.«

Den eigentlichen Grund aber erwähnte er nicht: eine gewisse weibliche Unpäßlichkeit, die glücklicherweise gerade zu Ende ging. Unvermittelt sagte er: »Liebling, du kannst dich jetzt umdrehen.«

Sie drehte sich um. Sie war frisch und schön. Einen langen, sehr langen Augenblick lang suchte Sir Henry in seinem Gedächtnis, suchte und suchte. Und dann, mit einem Mal, wurden seine Augen groß und rund.

»Ich denke, jetzt nehme ich doch einen Fingerbreit von Ihrem Whisky«, sagte er.

»Liebling, bring doch bitte diesem Christen diese Christenflasche. Zeig dich im Viertelprofil, neig ein wenig den Kopf. Lächle den Herrn freundlich an.«

»Welch seltsame Koinzidenz!« sprach Westlake.

»Koinzidenz?« rief der Inspektor aus. »Wenn Sie darunter verstehen, daß die Magnetnadel beim

Kompaß immer nach Norden weist, dann ja. Um so mehr, wenn man das richtige Augenmaß hat. Nein, mein Lieber. Es ist professioneller Spürsinn, der mich geleitet hat. Ehe ich ins Flugzeug gestiegen bin, habe ich mich noch in unserem Zentralarchiv umgesehen. Und ich bin auf ein Foto aus allerjüngster Zeit von Prinzessin Yasmina gestoßen. Es ist mir geradezu ins Auge gesprungen.«

»Aber Sie werden doch trotz allem Ihre Frau Gattin nicht mit nach Cambridge nehmen?«

»Das kommt ganz auf die Umstände an. Sie weiß, was sie zu tun hat. Ich bewundere sie. Ich jedenfalls breche morgen früh auf.«

Sir Henry rieb sich die Nase und zog sich am Ohrläppchen. Er sprach mit gedämpfter Stimme: »Fürchten Sie nicht, mit dem Feuer zu spielen? Der Mörder könnte sich leicht hinreißen lassen.«

Ali antwortete ihm, wobei er jede Silbe einzeln betonte: »Wer auch immer, ob Mann oder Frau, es wagen sollte, meiner hier anwesenden Gattin ein einziges Haar zu krümmen, aus dem werde ich Hackfleisch machen. Und ich werde dieses Hackfleisch roh verschlingen.«

»Gut, gut. Nehmen Sie das Flugzeug?«

»Nein, den Intercity-Bus. Ich habe mich erkundigt. Gehört schließlich zu meinem Beruf. Ich bin Bulle.«

Lächelnd setzte er hinzu: »Ich habe Sie vorhin

doch hoffentlich nicht verärgert, indem ich alte Erinnerungen aufgefrischt habe?«

»Im Gegenteil«, erwiderte der Superintendant. »Es sind angenehme Erinnerungen. Ich hätte nichts gegen ein weiteres Schlückchen von diesem Single Malt.«

»Wissen Sie, was wir tun sollten, Sir Henry? Wir lassen die Ermittlung Ermittlung sein und fliegen alle drei nach Marokko zurück. Da unten könnte ich Ihnen auf dem Souk ein hübsches Mädchen kaufen, scheu und anschmiegsam, bescheiden, gehorsam und so weiter. Wie Sophia, genau so!«

»Idiot!« sagte Sophia.

Und warf ihm die Bürste, mit der sie gerade ihre Haare entwirrte, einfach an den Kopf.

5

Mit Ausnahme einiger Einheimischer war der Bus mit japanischen Touristen voll besetzt. Waren es dieselben wie im Bonnington-Hotel? Inspektor Ali bezweifelte das stark. Während er auf die hinteren Sitzreihen zusteuerte, hatte er sie kurz und unauffällig begutachtet. Manche Details sah er zum ersten Mal: ein Ohr ohne Ohrläppchen, entschieden zu weiße Stiftzähne, einen Schönheitsfleck auf der Oberlippe einer Frau, eine beginnende Glatze bei dem Ältesten von ihnen. Er nahm neben einem Gentleman Platz, dem er einen zerstreuten Blick zuwarf, um ihn für den Rest der Reise zu vergessen: ein unauffälliger Sechziger, eine Stirn voller Falten wie ein Flußdelta, Hängebart, hervorquellende Adern auf den Händen, sanfte Spanielaugen. Aus der Kapuze seiner Djellaba zog er ein abgegriffenes Buch hervor und schlug es auf Seite 19 auf, eben jener, der er bei einer seiner früheren Untersuchungen ein Eselsohr verpaßt hatte.

Wie sehr leidet die Welt, wenn sie zur Welt der Menschen wird, darunter, zwischen den vier Wänden eines Buches geformt zu werden! Und daß sie dann in die Hände von Phantasten und Spekulanten gerät, die sie zwingen, schneller zu laufen, als es ihrem natürlichen Rhythmus entspricht: wie darin nichts Schlimmeres als nur ein Mißgeschick erblicken? Dieses Unheil durch den ihr eigenen Zauber zu bekämpfen ...

Er fühlte sich verjüngt und zugleich voller Weisheit und Lebenserfahrung. Er hatte diesen René Char leider nie persönlich kennengelernt! Ein so leidenschaftlicher wie besänftigender Dichter. Beim Lesen hatte Ali das seltsame Gefühl, zu seinem Ursprung zurückzukehren, wo es alles zu entdecken und zu lieben galt. Seine Lippen bewegten sich schweigend. Er nahm manche Passagen wieder auf, versuchte sie in seine Muttersprache zu übersetzen, aber es war schwierig, sehr schwierig ...! Seit so vielen Jahren schon benutzte er nur noch das prosaische Vokabular der Polizeiberichte, die Worte des Todes.

Die Suche nach einem Bruder bedeutet fast immer das Trachten nach einem Wesen unseresgleichen, dem wir eine Transzendenz beilegen möchten, deren Zeichen wir kaum erst geglättet haben.

»Bei Allah!« sagte er zu sich selbst.

Die Wirklichkeit läßt sich nur durch Erhebung überwinden.

Halblaut wiederholte er diesen Satz, langsam, wie im Traum. Und plötzlich schien sein ganzer Körper zu erstarren. Er betrachtete die Bewohner Nippons, hörte sie schnattern. Und an ihrer Stelle sah er plötzlich die Menschen seines Landes vor sich. Aber, bei Allah und beim Propheten, da war ja die Lösung, die er gesucht hatte, schwarz auf weiß, aus der Feder eines Poeten! Er brach in schallendes Gelächter aus. Er war zufrieden mit sich selbst, mit René Char, mit der Welt. Und während der faltige Gentleman sich erhob und sich ein wenig weiter entfernt wieder niederließ, zog Inspektor Ali ein Handy aus seinem Schafslederbeutel und wählte eine vierzehnstellige Telefonnummer. Er wußte jetzt, wie er den Fall abschließen konnte.

Er betrat das Polizeirevier und rief mit der Stimme eines öffentlichen Ausrufers: »Hallo! Sie haben mich erwartet, stimmt's? Hier bin ich nun in Fleisch und Blut, so wie die Prosa mich zu mir selber führte, um ein wenig wie Mallarmé Stéphane zu reden. Ein alter Dichter aus dem wunderschönen Frankreich. Ist übrigens längst tot.«

Eine Tür ging auf, eine junge Frau kam auf ihn zu.

»Hello«, sagte sie.

Sie trug einen Pulli und ausgewaschene Jeans. Sie

war blondgelockt, hatte Grübchen und auf der Nase Sommersprossen. Ihre Augen waren himmelblau, ihr Lächeln strahlend. Ihr Hals grazil, ihr Busen stolz erhoben, ihre Taille geformt wie die einer griechischen Amphore. Sechsundzwanzig oder siebenundzwanzig vor Gesundheit strotzende Lenze. Mit offenem Mund und Kennerblick würdigte Ali dieses Bild.

»Ich …«, stammelte er, »ich suche Inspektor Kelly.«

»Steht vor Ihnen«, antwortete sie schlicht. »Jenny Kelly. Angenehm.«

Und angesichts Alis verwirrter Miene fügte sie hinzu: »Hat Sir Henry Sie denn nicht informiert?«

»Äh? Nein. Er hat sich damit begnügt, höhnisch wie ein Fuchs zu grinsen, als er Ihren Namen erwähnt hat.«

»Das hat er ganz richtig gemacht«, kommentierte sie mit kurzem, frischen Lachen. »Sagen Sie mal: Es muß doch auch weibliche Inspektoren bei Ihnen geben?«

»Falls es welche gibt«, antwortete er, »werden sie jedenfalls sorgfältig versteckt.«

»Ich verstehe«, sagte sie. »Ich verstehe. Wenn Sie mir bitte folgen würden. Ich habe Sie in der Tat schon erwartet.«

Sie drehte sich um, um ihn in ihr Büro zu führen. Und was er erblickte, ließ ihm das Wasser im

Mund zusammenlaufen: zwischen den Schenkeln, gerade da, wo sie zusammengehen, eine Mulde, wohlgeformt. Die dazu einlud, Hand anzulegen. Er nahm sich vor, die seine bei der nächstbesten Gelegenheit dort entlanggleiten zu lassen. Beste Sahne.

»Wenn Sie bitte Platz nehmen würden«, sagte sie. »Wir müssen uns ernsthaft unterhalten.«

Sie setzten sich einander gegenüber. In Jenny Kellys Pupillen blitzte es amüsiert auf. Sie stützte die Ellenbogen auf den Tisch und legte los: »Mich hat Sir Henry durchaus informiert.«

»Von meiner unmittelbar bevorstehenden Ankunft?« fragte er.

»Unter anderem auch davon, ja. Aber vor allem hat er von Ihrem schlüpfrigen Charakter gesprochen.«

»Schlüpfrig? Sie meinen wohl eher romantisch?«

»Nein, schlüpfrig. Genau so hat er sich ausgedrückt. Und ich bin nahe daran, ihm zu glauben.«

»Habe ich es Ihnen gegenüber auch nur irgend an Respekt fehlen lassen, gnädige Frau oder gnädiges Fräulein?«

»Noch nicht. Aber Sie bereiten sich gerade darauf vor. Also eines sollten wir von vornherein klarstellen: Wir sind hier, um zu arbeiten, um einen ungeklärten Fall zu lösen, und damit basta. Kapiert?«

»Sie wollen mich wohl an meinen Platz verweisen?« bemerkte er. »Ich sitze bereits, wie Sie unschwer feststellen können.«

»Und damit Sie es wissen, ich bin verlobt«, ergänzte sie.

»Und ich in keiner Weise eifersüchtig«, konterte er. »Sie können Ihren Verlobten beruhigen.«

»Ich liebe meinen Verlobten«, und sie betonte jede Silbe, ihr Gesicht war feuerrot. »Wir werden heiraten, sobald der Fall abgeschlossen ist.«

»Meine herzlichsten Glückwünsche«, sagte Inspektor Ali in aller Aufrichtigkeit. »Dann ist es ja bald soweit. Ich werde die Ermittlungen im Handumdrehen beenden. Und irgend etwas sagt mir, daß Ihre Hochzeitsreise nach Marokko geht.«

»Warum nach Marokko?«

»Weil es das schönste Land der Welt ist, natürlich. Also, ist es Marokko?«

»Nein«, erwiderte sie, »Griechenland.«

Er hatte seinen Tabaksbeutel hervorgezogen und war gerade damit beschäftigt, sich eine zu drehen, als er sich mittendrin unterbrach. Alle seine Muskeln schienen ihn im Stich zu lassen. Seine Augen füllten sich mit Tränen. Miss Kelly sah ihn besorgt an. »Stimmt irgend etwas nicht?« fragte sie.

»Nur ein Anflug von Schwermut«, sagte er. »Entschuldigen Sie bitte. Ich dachte soeben an meine innig geliebte Ehefrau. Wir haben gerade erst geheiratet, wissen Sie?«

»Ich weiß. Sie scheint sehr schön zu sein. Sir Henry war ganz hingerissen von ihr.«

»Na so etwas!« entfuhr es dem Inspektor. »Der alte Junge. Mußte sich wohl mal ausreden. Na schön. Schluß mit unseren Liebschaften. Ein Wort gibt das andere, und am Ende steht die Mohrrübe, wie man in Marokko sagt. Wie wäre es, wenn Sie mir den Fall von A bis Z einfach mal schildern würden, hey?«

»Ich habe einen detaillierten Bericht abgefaßt. Sie haben ihn, glaube ich, gelesen.«

»Ich habe ihn gelesen. Sie haben einen phantastischen Stil, vom Rest ganz zu schweigen. Sie haben Ihre Berufung verfehlt. Nein, aber ich hätte gern aus Ihrem Mund gehört, was passiert ist. Ich bin ein leidenschaftlicher Anhänger der mündlichen Überlieferung. Vor Ihnen sitzt nämlich kein Vertreter von Scotland Yard, sondern ein Landsmann der unglückseligen Prinzessin. Bitte erzählen Sie doch.«

Er lehnte sich weit zurück, schloß die Augen und lauschte.

Es war Anfang der Woche gewesen, am Montag. Die Turmuhr von Saint Sepulchre gab gerade sieben bedächtige Schläge von sich, sieben Uhr abends. Miss Kelly stellte ihren Wagen kurz vor der

Trinity Street ab und ging den Rest des Weges zu Fuß: Die Fußgängerzone wurde selbst von den Sicherheitsbeamten respektiert. Yasmina hatte sich mit ihr in ihrem Zimmer verabredet. Sie wollte ihr einige Drohbriefe übergeben. Am selben Nachmittag erst hatte sie Klage wegen sexueller Belästigung eingereicht. Moussa Moussaoui, ihr Leibwächter, wurde immer kühner. Für sie war er nur ein Angestellter. Aber er rühmte sich seiner offiziellen Mission und seines Titels als Sicherheitsoffizier. Sie hatte sich ihm gegenüber leichtsinnigerweise zu vertraulich gezeigt. Und jetzt wußte sie nicht mehr ein noch aus. Vielleicht konnte die britische Polizei ihr ja helfen, ihren Schutzengel loszuwerden. Jenny Kelly traf gerade auf dem Höhepunkt der Tragödie ein: Yasmina hatte soeben ihr Leben ausgehaucht. Am Tatort anwesend: David Wembley, Chairman des Department of Philosophy, der Ortsarzt, sodann Moussa Moussaoui und der Pförtner des Trinity College. Moussaoui schrie, schluchzte, wälzte sich am Boden. Die Tür stand offen.

Einige Minuten zuvor waren Wembley und Moussaoui noch im Studentengarten spazierengegangen. Yasminas Zimmer befand sich im Erdgeschoß. Wie auf Verabredung hatten sie beide gleichzeitig durch das vergitterte Fenster geblickt. Es war hell erleuchtet. Um den Fenstergriff war das äußerste Ende eines Bademantelgürtels geknotet.

Und das andere Ende schlang sich wie ein Lasso um Yasminas Hals. Moussaoui heulte laut auf, dann ordnete er mit einer Stimme, die keinen Widerspruch duldete, an: »Telefonieren Sie nach einem Arzt! Schnell!«

Er fügte hinzu: »Sie hat mir den Zweitschlüssel gegeben. Hoffentlich hat sie nicht von innen verriegelt! Schnell, um Gottes willen, beeilen Sie sich! Hoffentlich komme ich noch rechtzeitig!«

David Wembley spurtete los, zum nächstgelegenen Telefon.

Die Aussagen der beiden Männer stimmten Punkt für Punkt überein. Sie hatten sich seit dem Nachmittag nicht mehr voneinander getrennt, keinen Augenblick lang. Ein junger Rotschopf namens John McLellan und seine kleine Freundin Leslie bestätigten ihre Angaben. Sie waren alle vier in Wembleys Behausung gewesen. Wembley hielt mit Vorliebe weitschweifige Vorträge über alles mögliche. Desgleichen leerte er mit Vorliebe einige Gläschen Burgundy. Aber für beides brauchte er Publikum. Um Viertel vor sieben hatten John und Leslie sich von ihrem Gastgeber verabschiedet. Sie mußten noch zum Gastvortrag eines ausländischen Philosophen, eines gewissen Derrida. »Wie wäre es, wenn wir ein bißchen frische Luft schnappen gingen?« schlug David Wembley vor. »Ich hätte nicht so viel trinken sollen.«

Der Doktor war kategorisch: Der Tod muß zwischen 18 Uhr 30 und 19 Uhr eingetreten sein. Der Gerichtsmediziner, der die Obduktion durchgeführt hatte, bestätigte den Befund. Nein, eine Vergewaltigung hatte nicht stattgefunden, nichts deutete auf einen Kampf hin. Auch das Türschloß wies keinerlei Spuren von Gewaltanwendung auf.

Inspektor Ali riß die Augen auf und fragte wie aus der Pistole geschossen:

»Und ihr Jungfernhäutchen?«

»O Inspektor! Sie widern mich an.«

»Ich widere mich selbst an. Also das Jungfernhäutchen?«

»Unversehrt«, antwortete sie schließlich voller Widerwillen. »Müssen Sie das wirklich wissen?«

»O ja. Das an allererster Stelle. O das brave Mädchen! Gott segne dich! Gehe ein in Sein Heiliges Paradies, friedfertig und in Frieden.«

Er rezitierte auf Arabisch das Totengebet. Er fügte hinzu: »Ich habe mir sagen lassen, daß man in diesem Land alles im Kühlschrank aufbewahrt: Eier, Milch, Fleisch und sogar Brot. Wo befindet sich die Leiche? Ich wette, im Leichenschauhaus.«

Jenny Kelly rümpfte die Nase.

»Reden Sie immer so ungehobelt?«

»Sie haben ja noch gar nichts gehört«, entgegnete

Ali. »Zur Zeit bin ich in einem hochzivilisierten, superdemokratischen undsoweiter Land. Ich habe mich daher sehr unter Kontrolle. Also, wo haben sie den Kadaver denn nun hingeschafft?«

Sie ließ einen Anflug von Lachen entweichen, der wie eine Beleidigung klang.

»Die Eltern haben die sterblichen Überreste heute vormittag abgeholt. Wir konnten uns dem nicht widersetzen. Das Flugzeug muß gegen Mittag in Rabat gelandet sein. Ein Privatflugzeug.«

»Perfekt!« rief der Inspektor aus. »Eine unangenehme Pflicht weniger! Ich habe nichts von einem Totengräber an mir. Arme Yasmina! Möge deine Seele in Frieden in unserer guten heimischen Erde ruhen! Was mußtest du auch deine Heimat verlassen, um dich im Namen der Kultur in diesem England ermorden zu lassen? Als ob es nicht genügend Universitäten bei uns zu Hause gäbe ... Friede, Friede, Friede deiner Seele, meine Schwester! Ich werde bald Blumen an deinem Grab niederlegen. Ich verspreche es dir. Friede, Friede, Friede sei mit dir!«

Seine Stimme versagte plötzlich. Er vergoß heiße Tränen. Jenny, die ihn mit offenem Mund anstarrte, lief es kalt über den Rücken. Mit einem Zipfel seiner Djellaba trocknete er sich das Gesicht ab. Dann schneuzte er sich.

»Kannten Sie sie denn?« fragte sie schließlich.

»Keineswegs. Nur ein Foto von ihr habe ich gesehen. Was ist mit ihrer Garderobe? Haben sie die auch mitgenommen?«

»Nein. Die wollten sie nicht. Sie haben alles in ihrem Zimmer gelassen.«

»Und die Kleider, die sie an dem Abend trug, als sie aus dem Leben schied?«

»Die haben wir in Gewahrsam genommen. Das sind gewissermaßen die Beweisstücke.«

Inspektor Ali rieb sich genüßlich die Hände. Seine Augen funkelten: »Miss Kelly, ich bete Sie an!« rief er aus. »Sie sind ein Bulle nach meinem Herzen. Am liebsten würde ich Sie zu meiner Mitarbeiterin machen. Aber Sie reden ja leider kein Arabisch, *alas, alas, alas*! wie der gute alte Shakespeare William sagen würde. Ist übrigens längst tot. Wenn ich recht verstehe, sieht die Sache wie ein Selbstmord aus. Sie aber vermuten dahinter eher einen Mord?«

»Ja, ich bin fest davon überzeugt. Aber ich verstehe einfach nicht, wie der Mörder hat vorgehen können.«

»Moussaoui?«

»Ja, bis zum Beweis des Gegenteils.«

»Sie haben ihn hoffentlich schon eingebuchtet?«

»Nein, so schnell geht das bei uns nicht. Wir respektieren die Gesetze. Wir haben Herrn Moussaoui verhört. Dann haben wir ihn wieder auf freien

Fuß gesetzt. Er hat ein unanfechtbares Alibi. Er hält sich zu unserer Verfügung. Die Verhandlung findet nächsten Mittwoch statt. Dann wird das Gericht über ihn entscheiden.«

Ali hob die Arme zum Himmel. Er pustete durch die Nasenlöcher. Er spuckte in ein kariertes Sacktuch.

»Großer Gott, so eine Ziegenkacke! Pardon, Miss. Was für ein zurückgebliebenes Land ist das aber auch, wo man dem Hauptverdächtigen Staubzucker in den Hintern bläst? Ich hätte ihn sofort im Keller des Hauptquartiers eingebunkert, Gesetze hin oder her, mit oder ohne Anwalt. Die Menschenrechte, daß ich nicht lache! Und warum nicht die Menschenlinke? Früh und spät hätte ich ihm seine Koteletten mit dem Gummiknüppel massiert. In Null Komma nichts hätte er ein Geständnis abgelegt, der Knabe. Haben Sie ihm wenigstens seinen Paß abgeluchst?«

»Ich habe ihn darum gebeten.«

»Höflich? Mit tausend Entschuldigungen?«

»Nein, keineswegs. Ich habe ihn einfach um seinen Paß gebeten.«

»Zeigen Sie ihn mal her. Sie können ihn gleich wieder haben.«

Ehe er den fraglichen Paß eingehend studierte, kramte Inspektor Ali in seinem Beutel herum, beförderte eine Brille zutage, die er sich auf die

Nase setzte, und ein Paar Gummihandschuhe, die er überstreifte. Man mußte ja immer auf alles gefaßt sein.

»Wundern Sie sich nicht zu sehr, Kollegin. Ich sehe aus der Nähe nicht besonders gut. Das zum ersten. Zum zweiten: Ich möchte nicht von diesem mörderischen Landsmann angesteckt werden, und wenn es nur über einen Gegenstand ist, der ihm gehört. Da, nehmen Sie's wieder. Es verbrennt mir die Finger.«

Er verstaute Brille und Handschuhe fast genau an derselben Stelle, wo er sie herausgeholt hatte. Und mit schläfriger Stimme fügte er hinzu, wobei er Miss Kelly jedoch voll ins Gesicht sah: »Ich habe den Bericht, den Sie erstellt haben, bei Scotland Yard wieder und wieder gelesen. Ich habe ihn auswendig gelernt. Wenn ich Sie vorhin darum gebeten habe, mir den Fall noch einmal zu schildern, dann nur, um Ihre Stimme zu hören. Einzig und allein Ihre Stimme. Ich habe dabei die Augen geschlossen, erinnern Sie sich. Was Sie nicht aufgeschrieben haben, das habe ich mündlich wahrgenommen, in einer Art fluktuierender Aufmerksamkeit. Beschreiben Sie mir bitte die Verstorbene.«

»Ich kannte sie ja kaum«, protestierte sie mit urplötzlich schroffer Stimme.

Ali hob beschwichtigend eine Hand.

»Cool!« sagte er, »ganz cool! Ich habe mich schlecht ausgedrückt. Beschreiben Sie sie mir psychologisch. Ich muß sie lebendig vor mir sehen. Sie sind nicht nur ein erfahrener Polizeiinspektor, sondern auch eine Frau. Und wer könnte eine Frau besser beurteilen als eine andere Frau? Ich bin ja leider Gottes nur ein Mann, bis zum Beweis des Gegenteils. Wie hat sie auf Sie gewirkt? Was für eine Persönlichkeit war sie Ihrer Meinung nach?«

Miss Kelly lächelte. Inspektor Ali kam es vor, als ginge die Sonne auf. Aufs neue schloß er die Lider und sagte: »Ich höre.«

»Sie war äußerst lebendig. Das ist mir sofort aufgefallen. Lebendig und von heiterem Gemüt. Sie sprach sehr gut Englisch, fast ohne Akzent. Man merkte sofort, daß sie aus einer wohlhabenden, kultivierten Familie stammt. Sie konnte ohne ersichtlichen Grund ihre Stimmung wechseln. Sie dachte immer erst nach, ehe sie auf meine Fragen antwortete. Manchmal kam sie ihnen zuvor oder ignorierte sie einfach. Sie war sehr schwärmerisch, oder besser romantisch veranlagt. Ich glaube, das ist alles. Meine Eindrücke sind flüchtig. Ich hätte mehr Zeit gebraucht, um sie wirklich kennenzulernen. Ach ja, ihren wichtigsten Charakterzug hätte ich fast vergessen: sie war naiv, leichtgläubig.«

»Leichtgläubig?« griff Ali auf. »Das müssen Sie mir näher erklären.«

»Sie war voller Bewunderung für alle Taschenspielertricks.«

»Gibt es denn hier in der Gegend einen Taschenspieler?«

»Ihren Leibwächter. Mag sein, daß er bei leicht zu beeindruckenden Gemütern gut ankommt. Bei mir jedenfalls hat es nie funktioniert. Ich lasse mich nicht ablenken.«

Da sprang Inspektor Ali auf, die Augen weit aufgerissen. Langsam, mit sanfter Stimme sagte er: »Stehen Sie mal auf. Bitte, Miss Kelly, stehen Sie mal auf. Haben Sie keine Angst, ich werde Sie nicht anfassen.«

Und ohne eigentlich zu wissen, warum, gehorchte sie.

»Kommen Sie näher. Noch näher. Ich werde Ihnen jetzt etwas sagen, das mir am Herzen liegt. Lassen Sie mich ausreden, ohne mich zu unterbrechen. Sie sind keine Britin, ich kein Marokkaner. Wir sind zwei Untersuchungsbeamte, die sich heute getroffen haben, um ein Rätsel zu lösen. Was Sie mir über Yasmina erzählt haben, läßt mir die ›Seele zum Schlüsselbein aufsteigen‹. Sie haben sie vor meinen Augen wieder lebendig werden lassen. Bis dahin konnte ich sie mir nur von hinten vorstellen, wie einen Schatten. Apropos, haben Sie sich schon einmal von hinten gesehen? Ist schwierig, ganz schwierig, sogar mit zwei Spiegeln. Warten Sie, Miss Jenny, ich bitte Sie. Sie haben eine herrliche Kruppe, das muß ich Ihnen einfach sagen, selbst wenn Sie sich die Ohren zustopfen. Wenige Frauen können sich solch einer Kruppe rühmen. Und direkt darunter ist eine ganz reizende Mulde, in der sich eine Männerhand ...«

»Schweigen Sie, Sie Rüpel!«

»... in der sich eine Männerhand äußerst wohl fühlen könnte – und vielleicht sogar der ganze Kopf, vorausgesetzt, Sie würden die Beine ein wenig spreizen. Eine Oase der Glückseligkeit. Habe ich Sie verärgert, Miss Kelly?«

Sie machte einen Schritt nach vorn und ohrfeigte ihn. Dann blieb sie einfach vor ihm stehen, sah ihn an, ohne mit der Wimper zu zucken, völlig gefaßt. Er hatte nichts, aber auch gar nichts mit Dave gemein, in keinerlei Beziehung. Dave war so sanft, so intelligent, so kultiviert, von einer überwältigenden weiblichen Intuition. Aber warum hatte er nie in dieser animalischen Weise zu ihr gesprochen? Spontan warf sie sich dem Inspektor an den Hals und küßte ihn mit anarchistischem Überschwang. Sie hatte eine unglaubliche Kraft in den Armen.

Ali ging verwirrt auf Abstand. Er sagte: »Das hätten Sie nicht tun sollen, Miss Kelly. Drücken wir uns lieber die Hand, wie zwei alte Kollegen. Während Ihrer Flitterwochen in Griechenland werden Sie sich ja ganz schön langweilen!«

Sie ohrfeigte ihn wieder, mitten auf den Mund. Er machte auf dem Absatz kehrt und ging hinaus, leckte sich das Blut, das ihm von seiner aufgeplatzten Lippe lief. Manchmal war es gefährlich, der menschlichen Natur auf den Grund zu gehen, äußerst gefährlich. Am Grunde des Brunnenschachts lauerten so viele Schatten! Jenny Kelly, die allein zurückgeblieben war, überlegte lange, zündete sich eine Zigarette an, zerquetschte sie gleich wieder im Aschenbecher. Was für ein seltsamer Typ! Ein Clown, gepaart mit einem Macho-Großmaul.

6

David Wembley empfing ihn mitten in einem Satz, den er lange genug in der Schwebe ließ, um alle Anwesenden vorzustellen. »Erfreut, Sie zu sehen. Mein Assistent, Professor Morris. Meine Freundin Margaret. Machen Sie es sich doch bequem, sofern Sie irgendwo einen freien Platz finden. Ich stehe gleich zu Ihrer Verfügung.« Und er setzte seinen Vortrag fort, lief fortwährend im Salon hin und her, stieg über Stapel und Haufen von Büchern, drei halbvolle Gläser, zwei ganz leere Flaschen, ein Gewirr von Verlängerungskabeln und jede Menge Skulpturen, die mitten auf dem Teppichboden standen.

»... ist gezeichnet von Dauer, langer Meditation und jener Anstrengung, die nur im Leiden fruchtbar wird; denn am 25. Februar 1858 schrieb Proudhon noch an Tilloy: ›Ich werde mich kurz fassen, da Sie es mir freundlicherweise gestatten und mich ständig das Kopfweh plagt, so sehr plagt, daß ich mir dieser Pein nur noch in Augenblicken der mich befallenden Unfähigkeit zu schreiben, zu lesen oder gar zu gehen, bewußt werde ...«

Er war ebenso lang und hager wie Inspektor Ali, wenn nicht sogar noch extremer. Um die Fünfzig, das Haupthaar schütter wie Maisfäden. Er trug eine Tweedweste, die viel zu groß für ihn war, und eine braune Flanellhose, die schon lange kein Bügeleisen mehr gesehen hatte. Die Krawatte war ohne Knoten unter den Hemdkragen geschoben. Ein Zwei- oder Dreitagebart. Eine Brille, die die Neigung hatte, ihm auf die Nase zu rutschen. Bis er schließlich nachgab und sie abnahm, um sie in seiner Westentasche verschwinden zu lassen. Seine Augen waren hell und durchsichtig.

»... und bezüglich der Entwicklung von Proudhons Philosophie in dieser dritten Etappe, die von der Veröffentlichung von *La Justice* im Mai 1858 bis zur Niederschrift von *La Capacité politique* reicht ...«

Mit angezogenen Knien am Boden sitzend, die Finger über den Knöcheln ineinandergehakt, saugte Margaret Wembleys Worte in sich auf, Worte, von denen sie offenkundig gar nichts verstand. Spindeldürre Beine, flache Brust, jung und hübsch, Afrikanerin. Schwarze Lederhose, noch schwärzer als sie selbst, blaue Kontaktlinsen, pastellrosa Lippen, und dieselbe Farbe auf den Wimpern. Vielleicht ein

Model, wer weiß! Manchmal entschlüpfte ihr ein kleines Lachen, dann warf ihr Morris einen mißbilligenden Blick zu. Ali schloß daraus, daß sie zwar Proudhons Philosophie ganz unterhaltsam fand, aber viel mehr noch wünschte, man möge sich doch für sie interessieren. Sieh einer an! Und warum wohl? Auf dem Rand eines wackligen Stuhls hockend, machte Morris sich in ein Heft Notizen. Auf seinem Kugelschreiber war das Wappen der Cambridge University, einer jener imitierten Kulis, wie man sie an jeder Tankstelle im Königreich Marokko findet. Er war frisch rasiert, Dreiteiler mit Krawatte, spärlicher Haarwuchs, etwa dreißig bis fünfunddreißig Jahre alt. Der Länge nach auf dem Kanapee ausgestreckt, hielt ein Mischlingshund Siesta. Der Inspektor wollte ihn nicht stören. In einer Ecke des Zimmers stand zwar ein Schemel, aber der war voll beladen mit Papier. Und auf den Papierstößen ein Aschenbecher voller Kippen. Ali lehnte sich gegen die Türfüllung. Irgendwo im Haus lief unablässig eine Wasserspülung.

»... Proudhon hatte recht. Ohne eine pädagogische Revolution ist eine dauerhafte und tiefgreifende Gesellschaftsreform nicht denkbar. Fast ein Jahrhundert ist ins Land gegangen, seitdem der große, dem Volk nahestehende Moralist verstummt ist ...«

Ali zählte im Geist bis zwanzig, dann verließ er

den Raum. Er hatte zwischen Salon und Küche eine Treppe entdeckt. Er steuerte sie ungeniert an. Einige Minuten später war er unten und drückte auf die Haustürklingel. Eine Stimme verstummte. Wembley erschien auf der Schwelle und blinzelte: »O pardon!« rief er aus. »Ich hatte Sie völlig vergessen. Sie wünschen mich vermutlich in dieser bedauerlichen Angelegenheit zu befragen?«

»Nein«, erwiderte der Inspektor. »Wo kann ich mein Zelt aufschlagen? Das Verhör kann warten. Haben Sie es so eilig, ein Geständnis abzulegen?«

»Ich?« machte Wembley. »Aber nicht im geringsten, ganz und gar nicht. Das Zelt? Was für ein Zelt?«

»Wo wollen Sie mich unterbringen? Doch wohl nicht auf dem Kanapee neben dem Hund? Ich schnarche nachts. Er könnte einen Herzinfarkt bekommen.«

»Ich habe Ihnen ein Appartement reserviert, Inspektor. Um diese Jahreszeit sind alle Zimmer besetzt, und wir erwarten noch zwei Gastprofessoren. Aber ich habe eine Lösung gefunden. Sie sind doch gewissermaßen ein *old guest*, ein Ehrengast sozusagen, nicht war? Ich habe mich mit der Verwaltung herumschlagen müssen. Ich hole Ihnen jetzt Ihre Zimmerschlüssel.«

Er ging und kam auch schon wieder zurück. Ein Schlüsselbund klapperte an seinem ausgestreckten

Arm. Er hatte einen großen Schal um seinen Hals gewickelt. Inspektor Ali sagte nichts: Er hatte den Schlüsselbund schon einige Augenblicke zuvor entdeckt und sich gefragt, ob Yasmina ihn nicht versehentlich in Wembleys Schlafzimmer hatte liegenlassen. Nebeneinander durchquerten sie eine gepflasterte Allee, einen Gewölbegang, noch eine Allee. Vier oder fünf fette Katzen faulenzten in der Sonne. Keine von ihnen kam auf die Idee, ihre Krallen, und sei es nur zum Spaß, an den Müllsäcken zu erproben, die in einem Winkel des Hofs artig nebeneinander aufgereiht standen. Vielleicht waren sie sich ja ihrer Bürgerpflicht bewußt, wer weiß! Zwei Gentlemen in blaßblauer Livree, gestiefelt und behütet, sammelten hier und dort welkes Laub von einem erbsengrünen Rasen. Keineswegs mit bloßen Händen: die waren ohnehin behandschuht, sondern mit Hilfe eines langen Spießes, oder mit etwas, das so aussah wie einer. Und sie unterhielten sich mit gedämpfter Stimme. David Wembley hatte sich in einen historischen Vortrag verstiegen. Trinity College war ursprünglich ein Königsschloß gewesen. Die Krone hatte es eines Tages der Universität verpachtet. Dann folgte eine endlose Reihe historischer Daten und Anmerkungen …

»So, da wären wir.«

Er fand schließlich doch noch den richtigen

Schlüssel, drehte ihn im Schloß hin und her, löste ihn vom Schlüsselbund, stieß die Tür auf.

»So, da wären wir«, wiederholte er. »Sie sind hier im Schlafzimmer der Königin Viktoria. Hier pflegte sie zu Gericht zu sitzen.«

»Zuviel der Ehre«, erwiderte Ali. »Ich werde hier gleichfalls zu Gericht sitzen.«

»In der Tat. Eine sinnvolle Gedankenassoziation. Ach ja! Vorhin wurde ein Paket für Sie abgegeben. Vielleicht wäre es Ihnen angenehm, heute abend in kleiner Runde mit uns zusammen zu dinieren?«

»Ich werde es mir durch den Kopf gehen lassen«, antwortete Ali.

Ans Schlafzimmer grenzten das Bad und eine kleine Küche an. Dorthin richtete er seine Schritte als erstes. Mit einem Blick hatte er alles umfaßt: Kühlschrank (offen und leer), Wasserkessel voller Kalkablagerungen, Teekanne, eine einzige Tasse, mehrere Teebeutel, Zuckerdose mit Zucker, Messer, Teelöffel, drei Päckchen mit Salzkeksen, eine kleine Kochplatte.

»Man hat einige Modernisierungen durchgeführt«, erklärte David Wembley. »Ich finde das schade.«

»Hompff!« machte Inspektor Ali.

Er spielte mit dem Toilettentürriegel. Er schloß ab: da erschien auf dem entsprechenden Schild das

Wort ENGAGED. Er schloß auf und las: VACANT. Alles sehr logisch.

»Falls Sie irgend etwas brauchen, geben Sie bitte Bescheid.«

»Trifft sich gut«, sagte Ali. »Ich habe ein Faxgerät bei Ihnen gesehen. Könnten Sie es mir wohl leihen?«

»Mit Vergnügen. Aber …«

»Ich hätte es gern noch heute abend hier im Zimmer. Ich hätte auch gern eine Pfanne.«

»Eine Pfanne?«

»Eckzackt! Und wenn Sie meinen Landsmann Moussaoui treffen, sagen Sie ihm bitte, daß ich morgen bei ihm vorbeikomme. Ich habe Zeit zu verlieren. Ich wünsche Ihnen und Ihrer Gefährtin noch einen guten Tag.«

Und er verriegelte die Tür. Als allererstes öffnete er das Paket, das auf dem Tisch auf ihn wartete. Eine weit geschnittene Hose aus Rohseide, eine Tunika mit Puffärmeln, gleichfalls aus Rohseide, in der Taille gerafft, dazu eine Lederweste, ein riesiger Hut mit eingerollter Krempe, ein Paar Pumps – die Sachen, die Yasmina am Abend, da sie aus dem Leben schied, angehabt hatte. Mit geblähten Nüstern beschnupperte und beschnüffelte er die Dinge, sogar die Schuhe. Woraufhin er Sophia mit seinem Handy anrief.

»Kein Parfum, Liebste. Ich meine, keins der Parfums, die man im Laden kauft. Der Rest ist eine Frage von Geruchssinn und Geschmack. Abgesehen davon, läßt du dich im Hotel schön verwöhnen …? Was muß ich da hören? Du sehnst dich nach mir …? Ich auch, natürlich … Muß ja wohl unser Brot im Schweiß meiner grauen Zellen oder dessen, was sich statt dessen da befindet, verdienen. Ruhe hat er nie gekannt … Nein, Liebste, nein! Du wirst nicht nach Cambridge kommen, weder morgen noch sonst irgendwann. Ich spinne doch nicht … Nein, Liebste, nein! Selbst wenn du dich H. G. Wells zum Trotz in die unsichtbare Frau verwandeln solltest. Ich kann es dir nicht erklären, ich springe ins Wasser, ohne schwimmen zu können … Du hast es kapiert … Versuche, deinen lieben Paps auf seiner Privatleitung zu erreichen, und sag ihm, daß er dir per Fax eine Anweisung über eine Million Pfund Sterling schicken soll … Ja, eine runde Million … Er ist doch Direktor der Zentralbank, wenn mein Gedächtnis mich nicht trügt …? Ich werde ihm nach Abschluß dieses Falls alles auf Heller und Pfennig zurückzahlen. Und es kann sogar sein, daß ich keinen müden Penny ausgeben werde … Bravo, mein Schatz, du hast das Problem erkannt: Wenn ich unsere offiziellen Stellen um so viel Geld bitten würde, würde es zwei oder drei Jahre dauern, bis sie reagieren. Erklärungen, Diskussionen, interministerielle Kommissionen, Verhandlungen, Papierkrieg, Beglaubigungsstempel der Post, Unterzeichnungen und Gegenzeichnungen im Rahmen der verfügbaren Bestände ... Nein, nicht mir. Dir! Über unsere Londoner Botschaft, in Hundertpfundnoten, nach Möglichkeit gebraucht ... Träum schön, mein Herz. Ohne Flöhe, ohne Wanzen.«

Ganz langsam drehte er sich auf dem Absatz einmal um sich selbst. Das Zimmer war geräumig, das Bett überreich mit Wappen verziert und mit einer Damaststeppdecke bedeckt. Es war so hoch, daß eine barmherzige oder auch nur pragmatische Seele zur Erleichterung des Einstiegs eine Art dreistufigen, mit gotischer Krabben-Schnitzerei verzierten Hocker davorgestellt hatte. Vielleicht hatte die alte Dame sich seiner bedient, um in ihre Koje zu klettern?

Der Inspektor war sich dessen aber nicht sehr sicher: Er hatte gute Augen und vermochte nirgendwo eine Spur königlicher Füße auszumachen. Wie aber hatte sie es dann angestellt? Vielleicht hat ein Kammerdiener sie mit ausgestreckten Armen ins Bett hineingehievt, hey? Aber nicht doch, gemach! Das Muttchen war so steif wie ein Stock in allem, was Sitte und Anstand betraf. Und dann war der Hocker ja auch ein antikes Stück, wie alles, was sich in diesem Raum befand. Wie also hat sie es angestellt? Wahrlich ein historisches Problem. Am Boden ein großer, in einem Farbton schimmernder Teppich. Weniger schön als die, die man in Fes oder Ouarzazate findet. Die Decke war gewölbt und gleichfalls mit Wappen besetzt. Vielleicht fand die Königin ja Geschmack daran, auf dem Rücken ausgestreckt die Insignien ihrer Macht zu betrachten, wer weiß! Nicht die kleinste Fliege, nicht das winzigste Staubkorn, selbst unter den Möbeln nichts. Anstelle des üblichen Nachttisches erregte ein kleiner, sorgfältig gearbeiteter Kasten Inspektor Alis Aufmerksamkeit. Er hob den Deckel hoch: ein Porzellannachttopf. Sehr praktisch bei nächtlichen Notfällen.

Er wandte sich dem Sekretär zu und klappte den Pultdeckel aus. Nichts Besonderes kam zum Vorschein: Briefpapier und ein paar Umschläge mit dem Briefkopf vom Trinity College, ein billiger Kugelschreiber, ein halbes Dutzend Bücher, die nach Wachs und Moder rochen. Er wählte das Buch aus, das ihm am ältesten vorkam, und schlug es auf einer Seite voller Stockflecken auf. Er bewegte lautlos die Lippen und las:

The Irish Dance
Ich am of Irlaunde
Ant of the holy londe
Of Irlande.
Gode Sire, pray ich the,

For of saynte charité,
Come ant daunce wyth me
In Irlaunde.

1300 - ANONYMOUS.

Er verstand kein Sterbenswort, aber er fand das Gedicht ausgesprochen schön. Er lernte es auswendig. Er schrieb es voller Hingabe ab. Wer zum Teufel war dieser Anonymous? Er nahm sich vor, David Wembley danach zu fragen. Wenn überhaupt jemand, dann kannte er sich in Sachen Bildung aus, Bibliotheksstaub, der sich in leeren Schädeln ansammelt. Aber ja, natürlich, eine glänzende Idee. Er nahm ein Blatt Papier und den Kugelschreiber, und mit seiner Schülerschrift schrieb er direkt unter den Briefkopf:

TRINITY COLLEGE
CAMBRIDGE
CB2 ITQ

INSPEKTOR ALI, OLD GUEST

Dann verfaßte er folgenden Brief:

»Lieber Mister Hamilton,
ich möchte Ihnen noch einmal dafür danken, daß Sie neulich im selben Moment auf dem Trittbrett

des Intercity-Busses waren, in dem ich gerade ausstieg. Ich habe mich, wie Sie sich vielleicht erinnern, an Ihrer Schulter festgeklammert und konnte so einen lächerlichen Sturz aufs Pflaster vermeiden. Diese japanischen Touristen haben aber auch alle wie die Wilden zum Ausgang gedrängt, und ich war durch meine Djellaba ein wenig behindert. Ich lege Ihnen Ihren MI5-Dienstausweis bei, der aus unerklärlichen Gründen aus der Innentasche Ihrer Jacke geglitten ist. Man wechselt doch nicht einfach seinen Platz, nur weil der Sitznachbar urplötzlich von Heiterkeit befallen ist. Und dann haben Ihre Augen auch für den Rest der Reise den Rückspiegel nicht aus dem Blick gelassen. Das hat mich aufhorchen lassen. Danken Sie bitte in meinem Namen dem MI5 für seine große Fürsorge.

Aufrichtig der Ihre«

Und er unterschrieb: Inspektor Ali. Er verschloß den Briefumschlag und schrieb Mister Hamiltons Privatadresse darauf. Jemand klopfte an die Tür. Er ging öffnen, den Brief in der Hand. Es war Wembley, ohne seinen Schal.

»Sie kommen gerade recht«, sagte er ihm. »Wenn Sie diesen Brief bitte für mich aufgeben könnten.«

Er befreite ihn vom Faxgerät und einer schweren gußeisernen Bratpfanne. Wembley entschuldigte sich umständlich und übertrieben. Zu seinem großen Bedauern könne er Ali nicht zum Abendessen einladen. Eine Verhinderung in letzter Minute: Er müsse Margaret zum Flughafen chauffieren, man erwarte sie bei der BBC, die Situation in Ruanda ... Und dann habe er auch kaum etwas vorbereitet, außer zwei oder drei Sandwiches ... Vielleicht dann morgen abend?

»Dann eben morgen«, schloß Ali leutselig. »Gibt es in diesem Kaff irgendwo ein gutes Lokal?«

Er deponierte die Bratpfanne auf der Kochplatte. Dann schloß er das Faxgerät an und schickte Sir Henry Westlake, Scotland Yard, ein Fax. Er wünsche alles über einen gewissen David Wembley, Chef des Philosophischen Seminars in Cambridge, zu erfahren, bis ins kleinste Detail: seine Auslandsreisen, seinen Scheidungstermin, den Mädchennamen seiner Geschiedenen, was sie als seine Ehefrau so gemacht habe und was sie heute so treibe und so fort. Keine einzige Fährte durfte außer acht gelassen werden, bei Allah und dem Propheten! Und wenn dieser Wembley nun mit Moussa Moussaoui unter einer Decke gesteckt hat, hey? Höchst zufrieden mit sich selbst, ging er ins Badezimmer. Er schloß sich nicht ein: Wer sollte ihn hier schon im Adamskostüm überraschen? Er war schließlich ganz allein! Selbst wenn er auf dem Thron saß, hatte er die Toilettentür niemals abgeschlossen, in keinem einzigen der zahlreichen

LIEBE LESERIN, LIEBER LESER:

Wir würden gerne Ihre Meinung über dieses Buch erfahren, denn sie hilft uns bei der Verbesserung unserer Arbeit. Dürfen wir Sie bitten, die folgenden Fragen zu beantworten? Gerne senden wir Ihnen auch unser kostenloses Verzeichnis (siehe Rückseite). Vielen Dank.

1. Welchem Buch haben Sie diese Karte entnommen?

2. Was hat Ihnen an diesem Buch gefallen? Was nicht?

Meine Anschrift:

Name: Vorname:

Straße: Ort:

Länder, in die der Zufall seine Schritte gelenkt hatte.

Das Wasser war unangenehm lau und tröpfelte nur spärlich. Vielleicht hatte es sich schon mächtig abgemüht auf seinem Weg durch die Leitungen Dutzender Gebäude des Trinity College, ehe es beim armen Ali ankam? Vielleicht war es am Anfang aber auch kochend heiß gewesen, um sich dann nach und nach abzukühlen beim Durchlauf durch die Epochen bis zum Viktorianischen Zeitalter, wer weiß! Ob die Königin wohl jemals gebadet hat, und wenn, wo? Wieder so ein Problem … Der Inspektor führte in seinem Gepäck auch einen breiten Roßhaargürtel mit Handgriffen mit – von der Art, wie man sie im Hammam benutzt. Er seifte ihn ein und schrubbte sich damit den Rücken ab, wobei er Allah mit lauter Stimme dankte. Mit Hilfe einer gewölbten, mit Ritzmustern versehenen Scheibe aus Ton bearbeitete er seine Fußsohlen. Manchmal kitzelte das, und dann lachte er laut auf. Sein Gehirn galoppierte derweil mit losen Zügeln wie ein Vollblutaraber.

Als er die Küche betrat, stank er fürchterlich: Er hatte sich einen ganzen Flakon Kölnischwasser mit Ambraduft über den Kopf geschüttet, wie es Sitte in den alten Familien von Tetuan war. Aus dem Proviant, den er von zu Hause mitgebracht hatte, wählte er einen Topf *khli'e* aus, ein gewürztes, in

Hammelfett gekochtes Rindfleisch, das er in die Bratpfanne entleerte und aufwärmte. In seiner bodenlangen, ärmellosen Gandura aß er direkt aus der Pfanne, mit bestem Appetit, sorgfältig kauend und schmatzend. Es gab in dieser Baracke keine einzige Gabel, aber das Roggenbrot half dem Mangel bestens ab. Als kein Krümel Brot, keine Faser Fleisch mehr übrig war, machte er sich über die fettige Sauce her. Die Bratendüfte des Souk hatten sich breitgemacht, das Aroma von Kurkuma, Koriander und Kumin. Inspektor Ali hütete sich, das Fenster zu öffnen: Er war in seinem Element.

Er schlug die Steppdecke zurück und schlüpfte mit einem Lyrikband von John Wilbye zwischen die Laken. Er war immerhin im Trinity College, dem Nonplusultra, da mußte er sich voll auf der Höhe zeigen. Eines freilich zeigte sich nicht auf der Höhe: seine Beine. Sie hatten sich durch die festgestopften Decken hindurch einen Weg ins Freie gebahnt und hingen einen Meter über. Er legte sich quer ins Bett, dann diagonal: seine Beine waren immer noch zu lang. Er würde doch wohl nicht die Nacht in Embryohaltung verbringen? Verblüfft murmelte er: »Das gibt's doch nicht! War diese Viktoria denn tatsächlich so klein, sie, die die Welt ein Dreivierteljahrhundert lang beherrscht hat?«

Schimpfend und fluchend packte er Kopfkissen

und Decke zusammen und ließ sich auf dem Fußboden nieder. Im Morgengrauen dann zeigte der Nachttopf sich wenigstens von seiner königlichen Seite.

Die Tür war amtlich versiegelt. Inspektor Ali brach die Siegel auf. Er nahm keine Durchsuchung vor, faßte nichts an. Seine britischen Kollegen waren schließlich schon vor ihm dagewesen, und sie kannten ihr Metier. Er steuerte auf Yasminas Bett zu, streckte sich aus, schloß die Augen. Sein Gehirn leerte sich, die Schleusen seiner Sensibilität öffneten sich. Ganz langsam, ganz behutsam, mit seiner ganzen Liebesfähigkeit versuchte er, in die Haut der Toten zu schlüpfen. Wer war sie wirklich, jenseits aller Zeugenaussagen? Wie sahen ihre Träume und Wünsche aus? Ihre Phantasien, ihre Ängste, ihre Gewißheiten? Gab es einen geheimen Garten, zu dem niemand außer ihr selbst Zutritt hatte? Was hatte sie gesagt oder getan, um ein solches Schicksal zu verdienen? Warum benutzte sie nie ein Parfum, jung und schön wie sie war, und noch nicht einmal ein Eau de Toilette? Mit vierundzwanzig Jahren war sie noch immer Jungfrau, und das Ende des zwanzigsten Jahrhunderts. Warum? Moral hin oder her, Tabu oder Prägung seit der Kindheit, warum? Hier in England verkörperte sie Marokkos ganze Ehre, seine jahrtausendealte Kultur, seine Jugend und seinen Glauben. Sie wurde zu den vornehmsten Abendgesellschaften geladen, wurde gefeiert, bewundert, verehrt. Und wenn sie in den Semesterferien nach Hause kam, war das wie ein Volksfest. Aber das alles hatte nichts zu bedeuten. Sie hätte ebensogut arm sein und aus bescheidenen Verhältnissen stammen können, im Namen des Islam als Frau völlig unterdrückt – und dann in einem Rechtsstaat erdrosselt werden. Ali, du mußt tief bohren, einen tiefen Brunnen mußt du bohren! Das Wasser befindet sich nicht an der Oberfläche, sondern am Grund. Bohr nach, und laß das Denken sein.

Als erstes verschwinden die Schatten, dann aller Prunk und das ganze Flitterwerk. Alles Gedudel und der ganze Lärm. Und da sitzt sie vor ihrer Frisierkommode, allein mit sich selbst. Bürstet sich die Haare, Haare, die ihr bis zur Schulter reichen, lockig und schwarz. Sie lächelt, aber der Spiegel ist blind. Gleich wird sie sich umdrehen und ihn, ja *ihn* anlächeln. Er wird sie von vorn sehen, ungeschminkt und ungeschmückt. Ihre Augen wird er sehen. Und plötzlich durchkrampft ihn ein Schmerz in der Magengrube. »Mein Gott!« rief er aus. Es war, als wäre sie selbst dagewesen, in Wahrheit und nicht in seiner Einbildung, als hätte sie sich tatsächlich umgedreht und ihn angelächelt. Als ob sie zu ihm gesprochen hätte. Er erhob sich und ging. Auf die Tür, da, wo er die Siegel aufgebrochen hatte, pinnte er seine Visitenkarte: *Inspektor Ali, Kriminalpolizei, Marokko.* Ein Wort war gesagt worden, daran erinnerte er sich jetzt. Ein einziges Wort. Ein Wort zuviel.

»Reg dich ab«, redete er sich zu. »Laß die Dinge kommen. Überstürz dich nicht. Morgen vielleicht. Oder übermorgen. Du hast Zeit.«

7

Moussa Moussaoui bewohnte eine kleine Wohnung in Universitätsnähe, einen Steinwurf vom Cam entfernt. Inspektor Ali trat ohne zu klopfen ein und rief laut: »Sei gegrüßt, du Mörder, Cousin meiner Ahnen! Hätte nicht viel gefehlt, und du wärst erledigt gewesen. In diesem Land hier verstehen sie keinen Spaß: sieh dir nur mal ihre Zähne an, wie lang die sind. Zum Glück bin ich noch rechtzeitig zu deiner Rettung aufgekreuzt. Hast du in der Zwischenzeit Trübsal geblasen? Wär' doch nicht nötig gewesen!«

Er umarmte ihn, küßte ihn, wie bei den Beduinen üblich, auf die linke Schulter. Übergangslos setzte er hinzu: »Kannst du mir mal fünf Pfund Sterling leihen? Oder sagen wir zwanzig, um es aufzurunden. Ich habe keinen Tabak mehr und nur noch Dirham dabei.«

»Aber gerne«, antwortete Moussaoui und lächelte ihn an.

Er tastete die Innentasche seiner Jacke ab. Er tastete sämtliche Nähte ab. Sein Lächeln war erloschen.

»Hast du deine Brieftasche verloren?« fragte Ali mitfühlend. »Ich habe sie eben gefunden. Dafür kannst du mich mal loben. Sie ist sozusagen von selber in meine Hand geglitten. Prüfst du den Inhalt nicht nach? Ach ja! Es fehlt ein Foto, das der Toten. Wo mag es nur sein?«

In Windeseile rezitierte er eine frei erfundene Zauberformel: *Abrakadabra Aischa Kandischa Kuku Blaa.* Er schlug sich gegen die Stirn. Er rief, als hätte er eine Eingebung, aus: »Ich weiß, wo es ist: in deinem Schlafzimmer. Komm mit.«

Er stieß die Tür auf, öffnete eine Schublade.

»Da ist es. Alles andere hätte mich auch sehr gewundert.«

Moussaoui zog es vor, darüber zu lachen. Sein Lachen war jung und ehrlich.

»Das hätte ich auch gekonnt«, sagte er.

»Und warum hast du dich dann wie ein ordinärer saudiarabischer Tourist auf der Djemaa el Fna in Marrakesch ausplündern lassen?« gab Inspektor Ali zurück. »Hey? Hier, nimm deinen Gürtel wieder, schnall ihn dir um, sonst macht sich deine Hose auch noch aus dem Staub. Willst du auch deinen Kuli wiederhaben? Ein Parker, na so etwas! Setzt dich und schieß los!«

Moussa Moussaoui setzte sich auf einen Stuhl. Ali machte es sich auf dem Bett bequem, zog die Knie hoch, stopfte sich zwei Kissen in den Rükken.

»Ich habe meine Aussage bereits in aller Form bei der Polizei gemacht«, bemerkte Moussaoui. »Ich habe dem nichts hinzuzufügen.«

Er war um die Dreißig, hatte feingeschnittene Züge und grüne, von langen schwarzen Wimpern überschattete Augen. Er war von einer Art ruhiger und diskreter Schönheit, auf die er sich aber nichts einzubilden schien. Der Inspektor nahm sich neben ihm wie eine Vogelscheuche aus. Er fragte sich plötzlich, durch welches Wunder er Sophia hatte erobern können, wie sie es schaffte, ihn zu lieben, ausgerechnet ihn. Seine Stimme klang ein wenig scharf, als er fortfuhr: »Wer spricht denn hier von Zeugenaussage? Wenn du die Prinzessin mal nicht mit deinen Zauberkunststückchen amüsiert hast, statt sie überall und jederzeit zu beschützen, was hast du denn dann mit ihr angestellt?«

»Angestellt? Ich verstehe nicht.«

»O ja, du verstehst sehr wohl. Wie war euer Verhältnis?«

»Normal. Ich stand zu ihren Diensten. Ich habe über sie gewacht, nicht wie ein Anstandshund, eher wie ein großer Bruder. Sie war liebenswürdig zu mir, mehr aber auch nicht. Höflich und distanziert zugleich. Sie war häufig auf Abendgesellschaften in der Stadt und in der ganzen Grafschaft Cambridgeshire eingeladen. Aber manchmal lehnte sie auch ab. Sie verstand es, lächelnd nein zu sagen, ohne jemanden zu verletzen. Ich habe sie gelegentlich begleitet, wenn eine große Gesellschaft angekündigt war. Sie stellte mich ihren Gastgebern auf ihre Weise vor: ›Mister Moussaoui‹, ohne irgend etwas hinzuzufügen. Aber mit Hochnäsigkeit hatte das nichts zu tun, weit entfernt. Ich hielt mich auf Abstand und beobachtete alle. Manchmal begab sie sich auch nach London, zu einem Konzert oder ins Theater. Und ich …«

»Und du«, schnitt Inspektor Ali ihm unsanft das Wort ab, »du versuchst, so lange um den heißen Brei herumzureden, bis du dir nicht mehr die Zunge daran verbrennen kannst. Ich habe doch keine so lange Reise gemacht, um deine rhetorischen Verrenkungen zu bewundern. Wenn ich eine direkte Frage stelle, erwarte ich, daß man mir in Prosa antwortet. Ich gebe dir eine Stunde Zeit, um deine Zunge in Form zu bringen. Inzwischen werde ich eine kleine Siesta machen, um deine Sprüche zu vergessen und auf meine Knochen zu hören.«

Er gähnte, daß ihm fast der Unterkiefer aus der Halterung gefallen wäre, streckte sich auf dem Bett aus und verfiel in seinen Mittagsschlaf. Als er aufwachte, fragte er übergangslos: »Und das Foto, das in deiner Brieftasche war?«

»Oh! Das?« machte Moussaoui.

»Eckzackt das! Erzähl mir von dem Foto.«

»Ich habe es aufgehoben.«

»Aufgehoben.«

»Ja. Sie hatte es in den Papierkorb geworfen. Es gefiel ihr nicht.«

»Und da hast du es aufgehoben. Warum?«

»Ich wollte nicht, daß es auf der Müllkippe landet. Es war immerhin ein Bild von ihr. Von ihr und unserem Land.«

Ali dehnte der Reihe nach krachend und knakkend seine Fingerglieder, dann seine Hand- und seine Fußgelenke. Im Plauderton sagte er: »Welch schöne Geste, lieber Moussa. Schön und erhaben. Dann hast du also etwas für sie empfunden?«

»Ich habe sie geachtet«, antwortete Moussa seelenruhig.

»Wie Vater und Mutter? Oder wie Allah, König und Vaterland?«

»Ich habe sie geachtet«, wiederholte Moussa.

»Bestens«, endete der Inspektor. »Besser als bestens. Und die Drohbriefe?«

»Was für Drohbriefe?«

»Die, die man im Zimmer der Toten gefunden hat«, log Ali unverfroren. »Ich habe sie gelesen, mein armer Alter. Du bist geliefert.«

Moussaoui lachte. Sein Lachen klang blechern. »Man hat nichts dergleichen gefunden.«

»Und woher weißt du das?«

»Einfacher geht's nicht. Ich war bei der Durchsuchung dabei, in meiner Eigenschaft als Polizeioffizier mit Sonderauftrag. Miss Kelly könnte es Ihnen bestätigen.«

»Eckzackt«, sagte Ali. »Aber ich bin keine hübsche junge Gans wie diese Miss Kelly.« (Seine rechte Hand kreiselte durch die Luft, schloß sich zur Faust.) »Kein Trick, der mich nicht kennt. Ja, was haben wir denn da?«

Auf der geöffneten Handinnenseite präsentierte er Moussa ein zusammengefaltetes Blatt Papier.

Moussas Augen verfinsterten sich, seine Züge erschlafften so plötzlich, als ob jemand seine Gesichtsnerven unterhalb der Haut einfach durchgetrennt hätte.

»Mit deinem Talent als öffentlicher Spaßmacher«, fuhr der Inspektor fort, »hast du diesen Brief am Abend des Verbrechens den Polizisten vor der Nase und vor ihrem Bart weggeschnappt. Ich habe ihn eben in einer Schublade deiner Kommode entdeckt. Die Geschichte mit Yasminas Foto, das war nur, um dich abzulenken. Ich war nämlich in derselben Schule wie du.« Er faltete sorgfältig den Brief auseinander und fing an zu deklamieren:

»Meine angebetete Yasmina,
seit Mittwoch abend habe ich unablässig an Sie gedacht. Die Leidenschaft verschlingt mich …«

»Aufhören!« brüllte Moussa. »Um Gottes willen, hören Sie auf! Lesen Sie leise, wenn Sie unbedingt müssen. Aber quälen Sie mich nicht damit. Ich kann nicht mehr! Ich kann nicht mehr! Der einzige Liebesbrief, den ich ihr je geschrieben habe … Ich hätte mir besser die Hand abgehackt.«

»Es ist noch nicht zu spät«, bemerkte Ali. »In der Küche liegt sicher irgendwo ein Messer herum. Soll ich es dir holen?«

Moussaoui brach in krampfartiges Schluchzen aus. Ali ließ ihn sich seinen Kummer von der Seele weinen. Dann bemerkte er im Plauderton: »Ich kann unfehlbare Leute nicht leiden. Die Fehlbaren sind mir viel lieber. Sie sind menschlich, sie sind mir so nahe wie meine Halsschlagader, egal, ob sie Richter oder Mörder sind. Wie, wo und wann hast du diesen Brief wieder an dich genommen?«

»Ich … ich hatte ihn ihr am Morgen ihres … ihres Todestages unter der Tür durchgeschoben. Sie … sie hat ihn mir am frühen Nachmittag wieder zurückgegeben.«

»Jetzt erzähl mal, aber ohne Schmalz und ohne Umwege.«

Und Moussa Moussaoui erzählte. Er hatte sein Glück nicht für möglich gehalten, als seine Vorgesetzten ihn für diesen Sonderauftrag ausgewählt hatten. Er hatte die Prinzessin im vergangenen Oktober kennengelernt, sechs Monate war das schon her. Er saß neben ihr im Flugzeug nach London. Sie sprühte vor Schönheit und Intelligenz. Bis dahin war sie für ihn nur ein Name gewesen, ein Hochglanzbild aus einem der Luxusmagazine. Und da saß sie nun in Fleisch und Blut neben ihm, zum Anfassen nahe. Er war stolz auf sich und dankte der Vorsehung. Er hätte auf ein stinkreiches kleines Luder stoßen können. Im Lauf der Wochen und Monate war sie immer freundlich zu ihm gewesen, freundlich und höflich, hatte sich nach seinen Eltern, nach seiner ganzen Familie bis in den dritten Grad hinein erkundigt. Manchmal ließ sie ihn auch tagelang links liegen. Ob ihm das etwas ausmachte? Nicht wirklich. Sie stand ganz oben auf der sozialen Rangleiter und er so gut wie ganz unten. Ob sie launenhaft war? Sicher, wie fast alle jungen Mädchen. Er versuchte erst gar nicht zu verstehen. Und wenn er überhaupt einmal das Gefühl hatte, aus sich selbst heraus zu existieren und nicht als Geheimdienstoffizier, dann war das nie von langer Dauer. Während seiner Laufbahn hatte er sich das Träumen abgewöhnt. Sie war ganz auf ihr Studium konzentriert, von unzähligen Einladungen mit Beschlag belegt. Auf denen langweilte sie sich meistens nur. Zusammen fuhren sie dann zum Trinity College zurück. Und da wurde aus ihr plötzlich eine andere. Er erzählte ihr Geschichten aus vergangenen Zeiten, führte ihr kleine Zaubertricks vor. Und sie lachte, amüsierte sich wie ein kleines Schulmädchen. Ja, in diesen Augenblicken war sie glücklich. Und er, war er es? Ja und nein: er war stets im Dienst. Mit der Zeit legte er immer mehr Wert auf seine Kleidung, sein Auftreten, seine Ausdrucksweise. Und dann …

»Es war an einem lichtdurchfluteten Vormittag. Wir saßen auf einer Bank, etwa fünfzig Zentimeter voneinander entfernt. Vielleicht auch etwas mehr. Ein rotbraunes Eichhörnchen kletterte einen Baumstamm hoch, kletterte wieder hinunter, versteckte sich hinter dem Stamm. Ich dachte an die Eichhörnchen bei uns, im Mamora-Wald in der Nähe von Rabat. Ich fühlte mich wohl. Von der Prinzessin sah ich gerade mal einen Rockzipfel, den der Wind aufbauschte. Und dann … dann haben wir uns auf einmal gleichzeitig einander zugewandt. Sie hat mich angelächelt, mich angeschaut. Und da war etwas in ihren Augen. Ohne zu wissen, was ich tat, habe ich mich zu ihr hingebeugt. Sofort ist ihr Lächeln verschwunden, sie warf ihre Arme um meinen Hals, wir haben uns geküßt. Lange Zeit. Alles hat sich um mich herum gedreht, ich verstand nicht, ich verstehe noch immer nicht. Irgendwann ist sie wieder von mir abgerückt, hat mich angesehen. Aber es war nicht mehr derselbe Blick. Sie ist aufgestanden und davongelaufen. Von diesem Tag an hat sie nie wieder das Wort an mich gerichtet. Schließlich habe ich ihr geschrieben. Das ist alles, Inspektor.«

»Gut, gut«, sagte Inspektor Ali. »Bravo! Da bist du ja in einem schönen Schlamassel. Mir ist durchaus bekannt, daß eine Prinzessin mit ihrem Leibwächter geschlafen und ihn dann allem Getratsch und Geklatsch zum Trotz geheiratet hat. Aber das war in Monte Carlo. Nur, unsere Prinzessin hat auch nicht im entferntesten etwas mit Monaco zu tun. Die schlichte Tatsache, daß du sie geküßt hast, hätte schon ausgereicht, dir den Rest deines Lebens zur Hölle zu machen. Und was noch schwerer wiegt: Du wurdest bezahlt, um sie zu beschützen, dicke bezahlt. Und jetzt ist sie tot, erdrosselt. Laß mich mal eine Minute nachdenken.«

Er lief im Zimmer auf und ab. Dann blieb er stehen und sagte: »Steh auf und hör mir zu.«

Moussa Moussaoui stand auf und hörte zu.

Sir Henry Westlakes Fax war ein Meisterwerk umsichtiger Dementis. Es gehörte nicht zu Scotland Yards Gepflogenheiten, die britischen Staatsbürger aktenkundig zu machen, mit Ausnahme der rechtskräftig Verurteilten. Jeder, der in Großbritannien wohnte, stand, solange er nicht die öffentliche Ordnung störte, unter dem Schutz des Gesetzes. Mister David Wembley war ein ehrwürdiger Cambridger Philosophie-Professor. Wenn er sich im Lauf der letzten Jahre ins Ausland begeben haben sollte, dann hatte ihn jedenfalls, so Sir Henrys Vermutung, keiner seiner Inspektoren inkognito dabei begleitet, nur um ihm nachzuspionieren. Tatsächlich wußte er das sogar mit Bestimmtheit zu sagen. Sein Privatleben betraf nur ihn allein: Er war kein Politiker, geschweige denn ein Minister. Falls er tatsächlich geschieden war, wie Ali angab, inwiefern sollte das denn ein für die laufende Ermittlung bedeutsames Faktum sein? Soviel ihm bekannt war, hatten Tun und Lassen seiner Exgemahlin sich nicht in den Klatschspalten niedergeschlagen. Der Superintendant hatte bislang stets geglaubt, daß die Untertanen Seiner Majestät in einem demokratischen Land und im ausgehenden zwanzigsten Jahrhundert lebten, aber ... aber vielleicht war er einer Illusion erlegen? Kurzum, er war ein wenig verwirrt und beunruhigt. Ob Inspektor Ali ihm gegebenenfalls weitere Informationen zukommen lassen könne?

Inspektor Ali rieb sich die Hände: Sir Henry war in die Falle gegangen. Der Baum verdeckte den Wald, wie sein alter Landsmann Shakespeare William zu sagen pflegte. War übrigens längst tot.

»Kurzum«, fuhr der Vortragende uneingedenk der Zeit fort, »die maghrebinische Literatur französischer Sprache wäre somit Resultat einer kulturellen Verwaisung. Der narzißtische Aderlaß ist in den meisten ihrer Texte unumgänglich. Ich würde sogar sagen, daß die Notwendigkeit der Filiation unabweisbar ist, die Parentalisierung gestört, der Prozeß der Subjektivierung in Frage gestellt. Vielleicht könnte man mit Abraham und Torok vermuten, daß die Krypten, die alles Nicht-Ausgesprochene verkapseln, eine tragende Rolle spielen: allein die Trauerarbeit, Nostalgie und Melancholie vermögen das Ich und das Es in ihrer Dignität zu retablieren. Kurzum ...«

Die Aula war noch voll besetzt. Zwei oder drei Personen hatten sich klammheimlich aus dem Staub gemacht – unverkennbar Fremde. Die Einheimischen blieben auf ihren Plätzen sitzen, hörten mit stoischer Ergebenheit zu. Vielleicht waren sie ja alle Masochisten, wer weiß? Inspektor Ali, der in Türnähe saß, begann der Magen zu knurren. David Wembley hatte ihm ein exquisites Abendessen versprochen. Der Kopf des Gastredners, ein mediterraner Typ, saß halslos auf einem Anzug von Savile Row auf.

»Und um zum Abschluß zu kommen, ließe sich sagen, daß die Libido keinen Zugang hat zum Territorium des Ich. Letzteres muß seine narzißtischen Ressourcen ausschöpfen, deren Niveau infolge dieses Aderlasses unablässig sinkt. Voraussetzungen für die anstehende Arbeit sind: klein a: die Regression des Ich auf seine geschwächten narzißtischen Positionen, von daher die Tendenz zu kannibalistischen Verkörperungen im Blick auf Identifikationen, die den Mangel an Zuwendung kompensieren sollen; die Verstärkung der Analerotik gegenüber den Verlusten ...«

»Spuck's endlich aus!« rief der Inspektor, »heraus damit!«

Völlig überrascht blickten ihn einige unglückliche Zuhörer mit vorwurfsvollen Augen an.

»Nachher«, erwiderte der aus der Bahn geworfene Redner, »gehe ich gern auf Ihre Fragen ein ... Was sagte ich doch gleich?«

»Keine Ahnung«, entgegnete Ali mit lauter Stimme. »Und Sie?«

Neben ihm wieherte eine respektable Dame. War wohl ihre Art zu lachen.

»Ach ja! Klein b: indes führt der Faktor Zeit zu Fortschritten bei der Gegen-Investition der Anti-Erregungs-Bastionen. Außerhalb der manischen Defensiv-Phasen, in denen das Ich in narzißtischem Triumph das Objekt besiegt, erfordert die Auflösung der Ambivalenz viel Zeit. Meine Damen und Herren, ich danke Ihnen für Ihre Aufmerksamkeit.«

Folgte eine Minute intensiven Schweigens, als ob

die Zuhörer ihren Ohren nicht trauten: der grausliche Redner war endlich am Ende. Sie applaudierten. Vielleicht aus Erleichterung, wer weiß!

»Möchte mir jemand eine Frage stellen?«

»Ich«, antwortete Ali enthusiastisch. »Ich möchte sogar mehrere Fragen stellen.«

Er erhob sich und steuerte auf den Mann ohne Hals zu. Er zeigte ihm sein Polizeiabzeichen und seinen Scotland-Yard-Ausweis.

»Angenehm«, sagte der andere. »Aber ich sehe nicht, was die Polizei ...«

»Eine Sekunde«, unterbrach Ali ihn. »Kannten Sie die Prinzessin Yasmina?«

»Nein. Ich bin erst seit zwei Tagen hier. Die Ärmste! Von ihrem tragischen Ende habe ich aus der Zeitung erfahren.«

»Schade!« rief Inspektor Ali aus. »Ich hatte mir schon eine Blitz-und-Donner-Theorie zurechtgelegt! Sie hätte ja einen Ihrer Vorträge anhören und vor Verzweiflung hinausstürmen können, um sich stante pede umzubringen. Mächtig gut räsoniert, finden Sie nicht auch?«

Der Mann im Anzug sah ihn an, als hätte ihn der Schlag getroffen. Der Saal leerte sich allmählich. Einige Nachzügler scharten sich um die Rednertribüne. Darunter auch David Wembley.

»Ich hoffe, Sie scherzen?« fragte der Redner schließlich.

»Eckzackt«, gab der Inspektor zu. »Meine Art zu scherzen ist es, die Wahrheit zu sagen. Und ich scherze immerzu. Ich wette, Sie sind Algerier.«

»Ja, ich bin Algerier. Wieso?«

»Islamist?«

»O Inspektor!«

»Habe ich Sie beleidigt, Meister? Dann eher Militärpolizei? Na gut, lassen wir die Politik. Sagen Sie mir: für wen schreiben Sie?«

»Sie wollen mich wohl provozieren, Inspektor«, antwortete der Meister in arrogantem Ton. »Was habe ich Ihnen denn getan? Gefällt Ihnen mein Gesicht nicht?«

»Für wen schreiben Sie?«

»Ich schreibe ... ich schreibe für mich selbst.«

Der Inspektor hob die Arme zum Himmel.

»Und da«, rief er aus, »sitze ich nun seit einer geschlagenen Stunde hier und höre einem Arschloch zu, das nur für sich schreibt! Es passiert so viel in Ihrem Land, es geht um Leben und Tod, und alles, was Ihnen dazu einfällt, ist dieser Murks, von dem kein einziger Ihrer Zuhörer auch nur ein einziges Wort verstanden hat. Und dafür hat man Ihnen die Reise bezahlt, und ein Honorar werden Sie auch noch bekommen, Herr im Himmel! Wenn ich nicht ein so friedfertiger Polizist wäre, würde ich Ihren Paß konfiszieren, darauf können Sie Gift nehmen! Die Verstärkung der Analerotik gegenüber den Verlusten, es lebe Algerien! Es leben alle, die zu seinem Verlust beitragen!«

Er wandte sich abrupt ab und strebte mit großen Schritten dem Ausgang zu. David Wembley holte ihn ein, faßte ihn am Arm.

»Gewiß«, begann er, »sein Speech war ein wenig diffus ...«

»Zum Abmurksen!« heulte der Inspektor auf.

Die Gemäldegalerie war riesig, die Decke so hoch, daß man sie gar nicht sah. Entlang dreier Wände waren Tische aufgereiht. Auf jedem brannten in einem silbernen Kandelaber Kerzen, ohne zu qualmen. Längs der vierten Wand war eine Art Anrichte aufgebaut, hinter der der Traiteur und zwei dienstbare Geister zugange waren. An die zwanzig Gäste tafelten in schwarzer Toga. Inspektor Ali steckte in einer zur Feier des Tages braunen Djellaba aus dem Atlasgebirge. Mit Rücksicht auf seine ausländische Nationalität hatte man ihn der Krawatte entbunden. Freilich hätte er sie in jedem Fall verweigert und statt dessen die Beine in die Hand genommen, um sich im nächsten Restaurant schadlos zu halten.

Speisen und Getränke waren für jedermann dieselben, die Gespräche jedoch unterschieden sich sehr von einer Gruppe zur anderen, abhängig von der jeweiligen Disziplin. Fünf oder sechs Professoren gaben sich mit Feuereifer der Haarspalterei hin. Mister Wembley bemühte sich – er konnte nicht anders – um das Redemonopol. Aber er hatte es mit erfahrenen Kollegen zu tun. Sie hatten allesamt ihr Scherflein beizutragen. Mit List und Tücke fing er im Sprung einen Satz auf, als wäre es ein Rugbyball, und schleuderte ihn in den Strafraum seines bevorzugten Denkers: Proudhon. Aber die anderen mauerten. (Jedenfalls kam dem Inspektor die Diskussion so vor, als verliefe sie irgendwo im Stadion.) Immer wieder wurden Spieler von der Reservebank auf den Plan gerufen: Kierkegaard, Althusser, Cioran, Kant. Was sind denn das für Typen? fragte sich Ali. Von denen hab ich ja noch nie was gehört. Er lernte ein in Marokko völlig unbekanntes Phänomen kennen: Diese Leute hier stritten sich, ohne sich ernstlich zu streiten.

Er stand auf und steuerte mit dem Teller in der Hand auf das Ende des Saals zu. Sein Teller war leer und der Service schleppend. Auf halber Strecke verlangsamte er den Schritt und spitzte die Ohren. Da war von Geographie und Geopolitik die Rede, die Welt wurde unter Einbezug der Ozonschicht und polynesischer Atomversuche verbessert. Ein Herr mit buschigen Augenbrauen vertraute seinem Tischnachbarn an, er habe seinem Verleger soeben ein fünfhundert Seiten dickes Manuskript geschickt.

Freilich habe er es ihm überlassen, es allein auszufüllen: alle fünfhundert Seiten waren leer. Welch schönes Beispiel demokratischer Selbstlosigkeit! sagte sich Ali. Vielleicht sollte ich ihm nacheifern? Meinen Vorgesetzten einen knappen, präzisen Bericht präsentieren: »Die Leiche habe ich nicht gesehen. Den Mörder habe ich auch nicht gefunden. Der Fall ist hiermit abgeschlossen.« Er häufte sich ohne viel Federlesens den Teller voll, vermischte Vorspeise, Fleisch und Nachtisch. War doch alles eßbar, hey? Warum auch noch die Lebensmittel diskriminieren? Wäre nicht logisch gewesen.

Er aß im Stehen in der Nähe einer Gruppe von Literaturwissenschaftlern, was ihm erlaubte, hier und da einen Gedankenaustausch aufzufangen. Es gab sogar einige Untergruppen: einen Mediävisten, einen Strukturalisten, einen Hispanisten und einen Paratextologen. Jeder sezierte auf seine Weise das neueste Buch von Vázquez Montalbán, *Franco*. Ein gewisser Octavio Paz lobte es in den höchsten Tönen. Inspektor Ali stand in der ersten Reihe, schnappte jede Novität auf, die seinem Gehirn Labsal sein konnte, neue Wörter, die die Monotonie der Polizeiberichte durchbrachen. Sorgsam quartierte er in einem Winkel seines Gedächtnisses verdächtige Wörter ein, die er allesamt zum erstenmal vernahm: »Neodym«, »Praseodym«, »Bradypodid«, »Lakkase«. Er nahm sich fest vor, ein gutes Wörterbuch zu erstehen. Er dachte an Yasmina. Sie war erst kürzlich gestorben. Ob sich auch nur einer der anwesenden Professoren, die sie alle als Studentin gehabt hatten, noch an sie erinnerte? Ali hob einen Krug Wasser hoch und beförderte damit unter Verzicht auf jedes Glas die Nahrung hinunter, die er sich eben erst einverleibt hatte. Dann nahm er sich die Gemälde vor. An die dreißig Porträts in Lebensgröße oder doch beinahe, Könige, Königinnen, die Großen des Königreichs, Admiral Nelson, Sir Walter Raleigh, und die verblichenen Größen der Universität. Im bleichen Licht der Wachskerzen wirkten sie ziemlich beunruhigend. Inspektor Ali inspizierte sie der Reihe nach und geriet ins Grübeln. Wenn nun einer von ihnen eines Abends aus seinem Rahmen herabgestiegen wäre, um die Prinzessin zu erdrosseln?

8

Die Stunden verflossen, und David Wembley redete noch immer. Inspektor Ali hatte ihn beim Aufstehen abgepaßt, sich schnurstracks in den Salon begeben und auf einem Stuhl niedergelassen. Von diesem Augenblick an bis in den Nachmittag hinein wandte er die Taktik an, die ihm bei früheren Untersuchungen zu Hause immer so gut geglückt war: Er hörte zu, ohne zu antworten. Es war, als ob Wembley einen Spiegel vor sich hätte, der ihm absolut nichts zurückgab, weder Bild noch Echo. Er ging ins Badezimmer, machte seine Morgentoilette, kam ins Schlafzimmer zurück, um sich anzuziehen, ging in die Küche, bereitete sein Frühstück zu. Er bot Inspektor Ali eine Tasse Kaffee an, aber der reagierte nicht. Daran gewöhnt, jeden x-beliebigen Mitmenschen als möglichen Zuhörer zu betrachten, begann er zu dozieren. Er machte sogar ein Wortspiel, um die Atmosphäre aufzulokkern.

»Es fragt sich«, so fing er an, »ob der Sinn fürs Konkrete, der uns hindert, über unsere Nasenspitze hinauszublicken, uns nicht eines Tages noch zu Konkretins macht?« (An dieser Stelle warf er Inspektor Ali einen Blick zu. Ali lächelte nicht.) »Wenn ganze Teile unserer Zivilisation zusammenbrechen, das Ende der Ideologien unsere Leitbilder zerstört und unser Weltbild sich trübt, was bleibt denn dann noch übrig in diesem ganzen Chaos außer der dicken Mauer unserer Egoismen und der Unfähigkeit zu denken ...?«

Etwas später wechselte er zu juristischen Fragestellungen über. Ja, in den mediterranen Ländern, egal ob jüdisch, christlich oder muslimisch geprägt, war das Gesetz göttlichen Ursprungs. Mit anderen Worten, es war das Gesetz des Stärkeren. Der Richter benahm sich gegenüber dem Schuldigen wie ein Vater. Kraft seines Amtes konnte er ein grausames oder hochherziges Urteil erlassen. Er durfte nach bestem Wissen und Gewissen urteilen. In den angelsächsischen Ländern dagegen beschränkte sich der Richter darauf, ein Gesetz, das von Menschen gemacht und von einem Parlament verabschiedet worden war, zur Anwendung zu bringen. Ganz ohne Ansehen der Person des Angeklagten. Er beurteilte nur das Delikt, um das es ging, wie eine Art Verstoß gegen die sozialen Spielregeln. Er konnte sich natürlich irren, wie ein

Schiedsrichter beim Fußballspiel. Von einem Land zum anderen unterschied sich das Gesetz, es unterschied sich sogar sehr. Inspektor, wie sehen Sie die Dinge?

Der Inspektor hütete sich, etwas zu sagen. Er schien offenen Auges vor sich hinzudämmern. Und dem war tatsächlich so. Wembley war drauf und dran, ein aktuelleres Thema anzuschneiden, da klingelte es an der Tür. Er entschuldigte sich und ging öffnen. Er ließ sich am Schreibtisch nieder und sah seine Post durch. Er stapelte die Briefe übereinander und stellte einen Aschenbecher darauf. Er entschuldigte sich nochmals bei Ali und ging wieder – ein Problem in der Verwaltung, vielleicht auf ein Stündchen oder so, leider Gottes! Ali reagierte nicht, war so unbeweglich geworden wie ein Fels. Wembley konnte tun und lassen, was ihm beliebte. Er war ja nicht in Polizeigewahrsam. Niemand befahl ein Verhör. Als er gegen Mittag wieder zurückkam, stellte er verwundert fest, daß der Inspektor noch immer dasaß, auf demselben Stuhl, in derselben Haltung, die Beine über Kreuz. Er ging ein Sandwich holen, eine Flasche Wein und ein Glas. Er aß mit Mühe zwei Happen, trank mit Vergnügen. Die Flasche war schon halb leer, als er über Aufrichtigkeit zu reden begann. Für ihn war sie die Rechtsgrundlage schlechthin.

»Ja«, bekannte er unumwunden, »der Schal, den ich gestern getragen habe, den habe ich ihr gestohlen. Ich könnte vorgeben, sie habe ihn mir geschenkt, aber das hieße lügen, und ich verabscheue es zu lügen. Ich habe ihn eines Tages mitgehen lassen, als sie mich einmal zu sich eingeladen hatte. Im Lauf der Wochen und Monate habe ich ihr auch ein Paar hochhackige Schuhe, einen Perlonstrumpf, Ringe und verschiedene private Gegenstände gestohlen, die ich wie einen kostbaren Schatz hüte – es ist alles, was mir von ihr bleibt. Ich sage es ohne Umschweife, denn ich bin aufrichtig. Ob sie je gemerkt hat, daß ich etwas habe mitgehen lassen, vermag ich nicht zu sagen. Aber wahrscheinlich schon: Es ist ihr bestimmt aufgefallen und hat ihr sicher Freude gemacht. Freude, daß ein reifer Mann wie ich sich derart für sie interessiert, daß er darüber zum Fetischisten wird. Und das sah ihr ganz ähnlich. Natürlich habe ich sie geliebt. Ich habe sie gleich mit einer alles verzehrenden Leidenschaft geliebt. Ich habe mich immer schon zu den ganz jungen Mädchen hingezogen gefühlt, die frisch und naiv sind, aufkeimend, vor der Entfaltung stehen wie eine Rosenknospe. Joan, meine Geschiedene, habe ich geliebt, solange sie diesem Bild entsprach: jung, schön, naiv und noch nicht aufgeblüht. Und dann, von heute auf morgen, wurde sie mir völlig fremd: sich ihrer Macht über mich völlig sicher, gealtert in ihrem Denken und ihrem Verlangen, ohne Träume, ohne jede Poesie. Wir haben uns in gegenseitigem Einvernehmen scheiden lassen, und ich habe einen Seufzer der Erleichterung ausgestoßen. Komme ich Ihnen zynisch vor? Das ist meine Art, mir selbst gegenüber aufrichtig zu sein.«

Er ging in die Küche und kam mit einer neuen Flasche zurück. Seine Bewegungen waren ruckhaft, wie in Zeitlupe. Seine Stimme noch immer ruhig und gelassen.

»Ich habe früher nicht so viel getrunken. Höchstens am Abend mal einen Whisky. Ich habe zu trinken begonnen, als ich Yasmina kennenlernte. Ich habe ihr hier im Haus Privatstunden gegeben. Ich hatte zu der Zeit drei Geliebte, eher sporadisch … nein, eigentlich nur zwei: die dritte, die Hübscheste, hat mich zusammen mit meiner Frau verlassen. Ich habe sie immer nur heimlich getroffen. Dem Anschein und der Liberalisierung unserer Sitten zum Trotz leben wir immer noch in einer viktorianischen Gesellschaft. Das macht uns zugleich stark und zu Pharisäern. Ihnen dürfte diese Doppelzüngigkeit, die bei Ihnen ja auch weit verbreitet ist, geläufig sein. Ich weiß um den Wert der Wörter. Meinen kleinen Freundinnen gegenüber habe ich die passenden Worte gefunden. Wir haben uns in aller Freundschaft getrennt. Sie haben mir nicht nachgetrauert. Und ich hab ihnen auch nicht nachgeweint. Sie waren bestenfalls ein reizendes Accessoire, wie die Frauen für Jean de La Fontaine, dessen dreihundertster Geburtstag gerade weltweit gefeiert wird. Bin ich zynisch und scheinheilig genug – mit einem Wort: aufrichtig? Denken Sie, was Sie wollen! Mir ging Yasmina nicht mehr aus dem Kopf. Wenn ein Mann meines Alters sich derart in eine Frau, die seine Tochter sein könnte, verliebt – ja, ich bin dreiundfünfzig –, dann ist er vor allem selbstverliebt … eine Art Rückkehr in die Kindheit, bei der alle Errungenschaften des Erwachsenenalters sich in Luft auflösen und die Grenze zwischen Gegenwart und Vergangenheit verwischt. Ich war mir dessen völlig bewußt, und zugleich empfand ich ein gewisses Glück dabei, nach und nach meiner Denkfähigkeit verlustig zu gehen. Eines Abends habe ich dann eine Flasche entkorkt. Ich mochte gar keinen Wein. Ich mag ihn noch immer nicht … Wollen Sie nicht mit mir anstoßen …? Nachher vielleicht …? Hätte sie von Anfang an nein gesagt, wäre alles in Ordnung gewesen. Hätte sie ja gesagt, wäre ich im Paradies gewesen. Aber das waren die einzigen Wörter, die sie niemals in den Mund nahm: Ja und Nein. Jedenfalls nicht bei mir. Statt zu antworten, lachte sie. Ja, sie lachte. Man kann ein Lachen als Zeichen der Zustimmung oder als Beleidigung deuten. Aber was sollte man aus ihrem Lachen schließen? Es war gleichzeitig verheißungsvoll und vernichtend. Doch ich hörte natürlich nur eines heraus: ihren Frühling, und meinen Frühling. Nächtelang träumte ich davon, ich wäre so jung und vertrauensvoll wie sie, würde mit ihr die Welt entdecken, alles liebenlernen, angefangen bei mir … Sie haben Ihr Glas ja noch nicht angerührt, Inspektor? Ich langweile Sie hoffentlich nicht …? Sie mochte die Mode, die Musik, die Bewegung. Und sie verabscheute die Mode, die Musik, die Bewegung. Sie hatte einen wachen Verstand, sehr reif für ihr Alter, geschärft durch Wißbegierde und Humor. Und manchmal hatte sie einen trägen Verstand, war für ein junges Mädchen von ihrem Niveau zu reaktionär, ohne Humor und ohne jegliche Neugier. Und weil sie so war, wurde ich immer verrückter nach ihr, verstehen Sie das …? O nein, das verstehen Sie nicht … Ich selbst, Chairman des Department of Philosophy, verstand es immer weniger. Ich küßte sie, und sie ließ es sich gefallen, aber sie hielt die Lippen immer geschlossen. Sie schmiegte sich in meine Arme, schmolz dahin, wollte, daß ich mit ihr schlafe. Aber im letzten Augenblick zog sie sich immer wieder zurück. Mir blieb nichts weiter übrig, als sie durch ihre Kleider hindurch zu streicheln … Dieser Wein ist Gift, Sie haben ganz recht, daß Sie nichts trinken … Ich versichere

Ihnen, in den ganzen sechs Monaten, in denen ich sie kannte, versuchte sie kein einziges Mal, mich aufzureizen, weder mit Worten oder zweideutigen Anspielungen noch durch Blicke. Ich allein bin ihr immer wieder nachgelaufen, bei jeder sich bietenden Gelegenheit, habe sie in meine Arme geschlossen, ihr Avancen gemacht. Hier, bei mir. Und selbst dann wartete immer ihr Schutzengel hinter der Tür ... Sagen Sie mal, Inspektor: Sind die Männer in Ihrem Land alle solche Machos wie Mister Moussaoui? Er ließ sie keinen Schritt alleine gehen, überwachte ihre Bekanntschaften, ihr Benehmen in der Öffentlichkeit, ihr Auftreten, als wäre sie gleichzeitig seine Frau, seine Tochter und noch dazu seine Mutter. Am Tag ihres Todes kam er, um mich auszufragen. Ich hatte gerade zwei Studenten da, aber es gelang ihm, mich in die Küche zu ziehen, und dann hat er ausgepackt. Er war die Eifersucht in Person. Ich habe schließlich nachgegeben und ihm vorgeschlagen, zusammen zu Yasmina zu gehen und die Karten auf den Tisch zu legen ... Und die Fortsetzung kennen Sie ja ... Sagen Sie mal, Inspektor: Warum hat sie mich gewähren lassen, warum ist sie mir nicht ausgewichen? Warum? Warum ...? Ich hätte sie erwürgen können! O ja, o ja ...!«

Inspektor Ali schien aus einem Alptraum zu erwachen, der von einem verdorbenen Magen herrührte. Er stand auf, reckte und streckte sich, gähnte, zog krachend Finger- und Handgelenke in die Länge. Dann erst bemerkte er wie nebenbei: »Aber Sie haben sie erwürgt, Mister Wembley!«

»Was wollen Sie damit sagen?«

»Haben Sie es schon vergessen? Denken Sie nach. Denken Sie gut nach.«

Er rief Sophia an. Er hatte Sehnsucht nach ihr, er liebte sie mehr denn je, und seine Leber quoll über vor Zärtlichkeit allein beim Klang ihrer Stimme: Das alles teilte er ihr in gewählter Sprache mit, und dann rezitierte er ihr noch ein kurzes selbstverfaßtes Gedicht. Als nächstes informierte er sie in weniger ausgesuchten Worten über seine panische Lust, sie von der Zehenspitze bis zur Haarwurzel abzuküssen und auf der Stelle mit ihr zu verschmelzen, ohne jede Verzögerung – aber nicht per Telefon. In eckzackt zwei Tagen, mein Herz. Und was sind schon zwei Tage, eine Ansammlung von Träumen und Begehrlichkeiten, oder etwa nicht? Er übte sich in Geduld und verlor gegenüber seiner Geduld die Geduld ... Wie? Was? Ja, ich bin ein Idiot. Reich mir deinen Kuli, ich geb's dir schriftlich: Ali, dreifacher Idiot der Kriminalpolizei. Natürlich kannte er den Namen des Mörders. Er kannte ihn seit langem. Sophia würde eine entscheidende Rolle bei seiner Festnahme spielen, aber erst im letzten Moment. Das Paket hatte sie erhalten, die Kleider waren sehr hübsch. Aber sie mußte ab sofort auf ihre Linie achten: Das Frühstück in diesem Land war einfach zu üppig.

Ihr Vater hatte am Vorabend angerufen: Er vertraute ihr zwar, wunderte sich aber über seinen komischen Kauz von Schwiegersohn. Der Polizeipräfekt, mit dem er zusammen zu Mittag gegessen hatte, saß auf Kohlen – und das war noch ein Euphemismus. Der Minister sprach ganz offen von Abberufung: Hatte man je gehört, daß da einer nach Großbritannien reiste, um dort mit seiner jungen Frau die Flitterwochen zu verbringen, statt eine polizeiliche Routineuntersuchung durchzuführen? Die Berichte von Scotland Yard glänzten durch extreme Zurückhaltung und waren dadurch nur um so alarmierender. Wenn er nun tatsächlich abberufen wurde? Ganz oben pflegte man nicht zu scherzen, man war in erster Linie um das Markenimage und das Aushängeschild des Königreichs besorgt ... Bislang hatte der Minister seinem Kollegen Außenminister von dieser Affäre – diesem Unglück – noch nichts erzählt. Das Geld war Sophia über die Botschaft zugeleitet worden, und sie hatte sich beeilt, die nötigen Reservierungen vorzunehmen. Aber es war viel, viel zuviel: wozu eine Million Pfund Sterling?

»Um mir den Mörder zu kaufen«, antwortete Ali.

Und legte auf.

Schließlich fand er eine Schreibmaschine, wie sie ihm vorschwebte, von der Art, wie man sie noch in den oberen Sphären des Staatswesens benutzte, alt und mechanisch, ohne integrierten Drucker. Ehe er nach England abgereist war, hatte er für alle Fälle noch einige Bögen mit offiziellem Briefkopf eingesteckt. Er spannte einen davon in die Schreibmaschine und machte sich daran, im Schneidersitz auf Königin Viktorias Bett sitzend ein Sendschreiben zu tippen, in dem er mit seinen eigenen Meriten nicht geizte. Und ohne Zagen und Zaudern machte er die Unterschrift des Königs nach. Der Stempel mit dem doppelköpfigen Adler prangte bereits darauf. Er faltete das Dokument zusammen, dann noch einmal, und zerknitterte es ein wenig. Dann faltete er es wieder auseinander und las langsam, was er geschrieben hatte, wobei er sich in die Haut eines ausgefuchsten britischen Spionageabwehr-Offiziers zu versetzen suchte. Nach einigem Überlegen nahm er noch ein Blatt Papier, das sehr viel weniger luxuriös wirkte und vom Hauptquartier der Inneren und Äußeren Staatssicherheit (H.Q.I.Ä.S.) kam. Er tippte das aktuelle Datum, die kodierte Absenderangabe sowie die Nummer des Faxgerätes, das Mister Wembley ihm zur Verfügung gestellt hatte, ein. Und mit zügelloser Phantasie verfertigte er einen höchstvertraulichen Bericht betreffs einer gewissen, derzeit in Großbritannien wohnhaften Person. Er signierte mit drei verschiedenen Stiften unter drei verschiedenen Namen.

Er zog einen schlichten Anzug an, packte seine Reisetasche und machte sich auf. Der Nordostwind belebte seine Gedanken. In der Innenstadt fand er gleich das Drei-Sterne-Hotel, nach dem er Ausschau hielt. Er trat ein, ging zur Rezeption. Er hatte von Casablanca, Marokko, aus reservieren lassen.

»In der Tat«, sagte der Angestellte, nachdem er im Computer nachgeschaut hatte. »Wir erwarten Sie schon seit einer Woche, mein Herr.«

»Das Flugzeug hat sich verspätet«, erklärte der Inspektor ungeniert. »Erst hatte es nicht genug Kerosin, das kommt schon mal vor. Dann ist es in Madrid zwischengelandet, obwohl das gar nicht im Flugplan vorgesehen war. Und schließlich ist es in Gatwick gelandet. Ja: der Bordkommandant hat im letzten Augenblick gekündigt, und man mußte erst einen anderen Piloten suchen, der die Flugstrecke kannte. Und dann mußten wir natürlich jedesmal die Maschine verlassen wegen der Polizeikontrollen und der Gepäckdurchsuchungen. Logisch, bei all den Attentaten, die überall begangen werden. Ich wäre besser beraten gewesen, mich gleich einer zuverlässigen Luftgesellschaft wie der British Airways anzuvertrauen, finden Sie nicht auch?«

»In der Tat«, wiederholte der andere. »Sie haben ein Doppelzimmer reserviert. Hat die gnädige Frau Sie nicht begleitet?«

»Ach nein! Sie ist nach London gereist, wo ich sie morgen im Lauf des Vormittags treffen werde. Ich hätte gern einen Mietwagen mit Chauffeur. Ich kann nicht Auto fahren, vor allem nicht links. Er sollte bei Tagesanbruch zur Verfügung stehen.«

»Wird gemacht. Sie können sich auf uns verlassen.«

»Und dann noch etwas«, fuhr der Inspektor ganz nebenbei fort. »Wenn Sie bitte dieses Fax aufgeben würden. Es ist ziemlich dringend.«

Und er reichte ihm den Top-secret-Bericht, den er gerade fertiggestellt hatte. Er wartete noch, bis der Angestellte das erledigt hatte, dann erkundigte er sich nach einem guten Restaurant in der Nähe.

»Das Café Français, mein Herr. Ganz in der Nähe, zur Linken. Die Fassade ist rot angestrichen. Es sind keine Franzosen, sondern Leute aus Sussex. Ihre Spezialität: überbackener Camembert mit Johannisbeergelee.«

»Habe ich noch nie gegessen!« rief Inspektor Ali

aus. »Ich merke schon, ich werde mich delektieren. Dann bis nachher! Bereiten Sie bitte die Rechnung vor.«

Er verzichtete auf das Abendessen. Das Fax erwartete ihn schon im Schlafzimmer von Königin Viktoria. Er verstaute es sorgfältig in seiner Brieftasche. Mit reglosen Zügen, starrem Blick rauchte er langsam eine Zigarette. Ehe er wieder ins Hotel ging, nahm er die rituellen Waschungen vor und verrichtete sein Gebet – das war ihm seit Menschengedenken nicht mehr passiert. Er rezitierte mit lauter Stimme das »Gebet für den Abwesenden«, wobei er die Koranverse ein wenig verhunzte. Er hatte viel weniger Handlungsfreiheit als zu Hause. Er befand sich auf fremdem Territorium. Er nahm eine Münze und warf sie in die Luft, dabei sagte er: »Zahl«. Die Münze fiel mit der Zahl nach oben. Er wußte, er hatte gemogelt. Aber was soll's! Allah würde die Seinen schon erkennen.

Um Mitternacht rief er Mister Hamilton an, stellte sich vor, redete wie ein Wasserfall und ließ seinem Gegenüber keine Zeit, Atem zu holen. Er entschuldigte sich, es tat ihm leid, er bedauerte zutiefst, ihn zu derart unschicklicher Stunde aus dem Bett geholt zu haben, aber es war wichtig, äußerst wichtig ... Ach! Er hatte ihn nur der Übertragung eines Fußballspiels entrissen? Das war ja noch viel schlimmer. Aber ja! Aber ja! In diesem ausgehenden zwanzigsten Jahrhundert war das Fernsehen ja die Einheitsreligion geworden. Es zerhackte die Mahlzeiten, ersetzte den Schlaf, die Partnerschaft, das Familienleben. In Algerien war es ja noch viel schlimmer, vor dem Hintergrund des Bürgerkriegs und des namenlosen Gemetzels. Wenn die Ninjas, diese bis zu den Zähnen bewaffneten und vermummten Polizisten, die Wohnungstüren eintraten, wurden nicht etwa die Frauen, die von den Eindringlingen vergewaltigt und dann enthauptet wurden, als erstes geschützt, sondern der Fernseher. Er ersetzte den Traum und die Realität. Diese unangemessene Abschweifung brachte Ali ein wenig vom Thema ab, in der Tat. Er bat Mister Hamilton, es ihm doch bitte schön nachzusehen – und ihm auch seinen dummen Streich von neulich, im Bus von London nach Cambridge, nicht nachzutragen. Er hatte den Drang, ihm seine Brieftasche zu entwenden, einfach nicht unterdrücken können. Nicht daß er ein Dieb wäre, weit gefehlt! Seine Wißbegierde war ganz einfach grenzenlos! Und hatte denn die Vorsehung nicht recht gehabt, seine suchende Hand zu leiten: Sie hatte ihm erlaubt, auf die Privatnummer von Mister Hamilton zu stoßen. Die Sache war brandheiß und mußte unbedingt mit einem MI5-Offizier besprochen werden, mit

Mister Hamilton höchstpersönlich. Wenn er in seiner Gesellschaft gereist war, dann war das sicher kein Zufall gewesen. Und wenn er, Ali, mit allen Vollmachten ausgestattet nach Großbritannien geschickt worden war, dann doch wohl nicht nur, um Nachforschungen über den Tod der Prinzessin Yasmina anzustellen … Ah, ich sehe schon, wir verstehen uns ohne viel Worte …

An dieser Stelle tupfte der Inspektor sich eine schweißüberströmte Stirn ab. Ohne Furcht vor Tod und Teufel wandte er die Strategie des perfekten Lügners an: eine Unze Lüge auf eine Tonne Wahrheit. Er erzählte alles ganz aufrichtig, mit Ausnahme eines kleinen Details, das er unerwähnt ließ und auf dem alles aufgebaut war. Er setzte alles auf eine Karte und hoffte auf Gott. Er habe soeben einen topgeheimen Bericht aus dem Hauptquartier der Inneren und Äußeren Staatssicherheit erhalten. Er halte ihn zur Verfügung seines Gesprächspartners, desgleichen ein Sendschreiben, das unterschrieben war von … na Sie wissen schon … höchstpersönlich. Er brauchte dringend einen Rat aus autorisiertem Mund. Einverstanden! Er würde Mister Hamilton morgen im Lauf des Vormittags treffen. Am besten in aller Öffentlichkeit. Dann könne er ihm seinen Plan vorlegen, wie er den Terroristen in die Enge treiben wolle.

Er legte auf, zog sich aus und duschte sich: er

war ganz naß geschwitzt vor Lampenfieber. Es mußte gewagt werden, und er hatte es gewagt. Vielleicht fiele die Münze, der er vorhin ein bißchen nachgeholfen hatte, ja auch von allein auf Zahl, ganz im Ernst! Inschallah!

Sie nahmen in Heathrow voneinander Abschied. In Mister Hamilton schienen sich Bewunderung und Ratlosigkeit die Waage zu halten.

»Das wär's dann wohl!« schloß er.

»Das wär's!« echote Ali.

»Hmmm! Sie spielen mit dem Feuer, Inspektor!«

»Ich liebe das Feuer.«

»Aus eben diesem Grund habe ich mich auch entschlossen, Ihnen behilflich zu sein.«

»Davon bin ich ausgegangen«, gestand Ali mit einem breiten Lachen. »Ich hatte es vorhergesehen.«

»Ja?«

»Ja. Ich habe fest damit gerechnet.«

»Das müssen Sie mir erklären.«

»Ganz einfach«, sagte Inspektor Ali. »Es gab mal eine Zeit, da steckten Sie überall mittendrin und haben auch mit dem Feuer gespielt. Und jetzt, im reiferen Alter, dürften Sie sich beim MI5 ganz schön langweilen. Ich stelle mir Ihr Büro lebhaft vor: Archive, Bleistifte und Bleistiftspitzer.«

Plötzlich machte sich ein Dampfstrahl bemerkbar, der einem Schnellkochtopf zu entweichen schien: Mister Hamilton, wie er lachte.

»Sie kennen die menschliche Seele«, sagte er.

»Ein bißchen schon«, gab der Inspektor, gleichfalls lachend, zu. »Und das heißt so gut wie gar nichts. Die weibliche Natur zum Beispiel entgleitet mir vollkommen.«

»Sie denken an Miss Yasmina?«

»Unter anderem auch an sie. Aber das wird sie nicht wieder zum Leben erwecken.«

»Der Plan, den Sie ausgeheckt haben, ist eines Spionageabwehr-Asses würdig.«

»Übertreiben wir mal nicht«, protestierte Ali. »Er ist eines Tages ganz von selbst in meinem Hirn entstanden, als ich in Ihrer Gesellschaft in einem Autobus durchgeschüttelt wurde. Ich las dabei gerade ein Gedicht von René Char.«

»Wie dem auch sei, Sie sind ein exzellenter Agent.«

»Eher mittelmäßig. Gerade eben mittelmäßig. Wenn ich recht verstehe, darf ich mich vertrauensvoll an Sie wenden, falls meine Vorgesetzten mich eines Tages wie einen Aussätzigen feuern sollten, und auf einen bescheidenen Posten in Ihren Diensten hoffen?«

»Warum nicht?« erwiderte Mister Hamilton. »Sicherlich gestatten Sie mir, frei über die Dokumente, die Sie mir anvertraut haben, zu verfügen?«

»Ganz und gar«, sagte der Inspektor. »Sie werden Ihre Akten verjüngen.«

Sie drückten sich lange die Hand.

Er machte einen Sprung ins Bonnington, es reichte gerade eben, um Sophia letzte Anweisungen und einen Kuß zu geben. Einen Kuß und das ganze andere. Er war ein miserabler Liebhaber an diesem Nachmittag. Dies gab Sophia die Gewißheit, daß er vor Furcht beinahe starb, und sie herzte ihn um so mehr. Er war ihr nah, sehr nah. Das war an einem Montag.

Das Gericht tagte am übernächsten Tag. David Wembley wurde als erster in den Zeugenstand gerufen. Er nannte seinen Namen und Vornamen sowie seinen Beruf. Dann stürzte er sich in eine Vorrede über die Seltsamkeit der Koinzidenzen, das heißt die Simultaneität zweier oder mehrerer Inzidenzen. Der Vorsitzende unterbrach ihn mit sanfter Stimme: »Wie Sie unschwer feststellen können«, sagte er, »befinden wir uns hier in einem Gerichts- und nicht in einem Hörsaal. Wenn ich Sie bitten dürfte, sich auf die Tatsachen zu beschränken.«

Es bedurfte mehrerer Einwürfe, um ihn zu den Tatsachen zurückzubringen, so ausgeprägt war seine Neigung, sich in Abschweifungen zu ergehen. Aus seiner Aussage ging hervor, daß er den größten Teil des Nachmittags bei sich zu Hause verbracht hatte, in Gesellschaft von Mister Moussaoui, daß zwei junge Studenten der Kunstgeschichte ihm einen Besuch abgestattet hatten und daß er kurz vor 19 Uhr mit Mister Moussaoui hinausgegangen war, um frische Luft zu schnappen. Das Fenster von Miss Yasmina sei erleuchtet gewesen, und so hätten sie die Tragödie entdeckt. Sie seien gemeinsam in ihr Zimmer gelangt (sein Begleiter verfügte über einen Doppelschlüssel), hätten den Tod festgestellt, ohne irgend etwas zu berühren, und dann sei er spornstreichs davongelaufen, um Hilfe zu holen.

»War sie eine Ihrer Studentinnen?« fragte der Vorsitzende.

»Nicht wirklich. Sie war in Literaturwissenschaft eingeschrieben. Aber ich habe ihr privat ein wenig Philosophieunterricht gegeben. Die jungen Leute müssen ja ...«

»Dem kann man nur zustimmen. Wann haben Sie sie denn zum letzten Mal lebend gesehen?«

»Am Vorabend, Euer Ehren.«

»Vielen Dank. Sie sind entlassen.«

Moussa Moussaoui betrat als nächster den Zeugenstand, mit gesenktem Profil und neutraler

Stimme. Er bestätigte die Aussagen von Mister Wembley Punkt für Punkt. Er war bei der Toten geblieben, bis der Arzt eintraf, dem nur wenige Sekunden später Mister Wembley und der Pförtner vom Trinity College folgten. Er würde es für den Rest seiner Tage bereuen, sich an diesem Nachmittag wegbegeben zu haben, statt pflichtgemäß über seine Herrin zu wachen.

Miss Kellys Vortrag war kurz und bündig. Miss Yasmina sei am späten Vormittag aufs Revier gekommen. Sie habe sich über sexuelle Belästigung von seiten ihres Leibwächters beklagt. Sie habe sich für sieben Uhr abends mit ihr verabredet, in ihrem Zimmer, um ihr die Drohbriefe zu übergeben, die man ihr geschickt hatte. Miss Kelly sei zu spät gekommen. Die Leiche sei noch ganz warm gewesen, mit einem Bademantelgürtel erdrosselt, der um den Fenstergriff geknotet war. Die Fenster seien geschlossen gewesen, die Tür wies keinerlei Spuren von Gewaltanwendung auf.

»Haben Sie die Briefe bei der Durchsuchung denn gefunden?« fragte der Richter.

»Nein, Euer Ehren.«

»In welcher seelischen Verfassung befand sich Miss Yasmina an diesem Tag?«

»Unruhig.«

»Depressiv?«

»Nein, ich glaube nicht.«

Der Gerichtsmediziner war kategorisch:

1. Es handelte sich um Erdrosselung.
2. Der Tod war zwischen 18 Uhr 45 und 19 Uhr eingetreten, nicht früher und nicht später.
3. Ein Kampf hatte nicht stattgefunden.

Nicht minder kategorisch äußerte sich ein wissenschaftlicher Experte des polizeilichen Untersuchungslabors: Unter den Fingernägeln der Toten waen keinerlei Rückstände, welcher Art auch immer.

Nach kurzer Beratung entschied das Gericht auf Selbstmord aus unbekanntem Grund. Mister Moussaoui wurde aufs schärfste gerügt, seiner dienstlichen Pflicht nicht nachgekommen zu sein. Aber er war von jeder Schuld freigewaschen.

Miss Kelly sah in ihrem schwarzen Kleid hinreißend aus. Inspektor Ali bewunderte sie mit Kennermiene von oben bis unten. Dann sagte er: »Wenn ich recht verstanden habe, waren Sie von Moussaouis Schuld überzeugt. Jetzt müssen Sie Ihre Theorie wohl zu Grabe tragen, hey?«

»Und Sie«, entgegnete sie, »wollen Sie sich nicht gleich mit aufhängen? Wenn man bedenkt, daß Sie von so weit her gekommen sind, nur um sich hier aufzuplustern!«

»Jetzt sind Sie wohl enttäuscht, Miss?«

»Ja, ich bin enttäuscht. Ich dachte, das Gericht würde eine Ausweitung der Untersuchung beantragen. Und Sie?«

»Ich schäme mich. Ja, ich schäme mich. Es ist ein sehr erniedrigendes Gefühl für einen mit allen Vollmachten ausgestatteten Inspektor. Ich hatte fest mit der Verurteilung dieses Typen gerechnet. Unsere Behörden hätten seine Auslieferung verlangt. Ich bin ein alter Träumer.«

Sie schwiegen lange. Sie sahen sich an, lächelten einander zu. Dann drückten sie sich die Hand.

»Miss Kelly«, sagte er voller Aufrichtigkeit, »ich habe es Ihnen gegenüber an Respekt fehlen lassen, ich war mehr als unhöflich. Seien Sie mir deshalb nicht gram. Ich habe vielleicht auf der ganzen Linie versagt, aber ich hatte das Vergnügen, mit Ihnen zu plaudern – und Sie zu bewundern. Ich wünsche Ihnen glückliche Flitterwochen in Griechenland! Ich werde an Sie denken.«

»Vielen Dank. Auf Wiedersehen.«

Wenig später umarmte Inspektor Ali Moussa Moussaoui brüderlich.

»Ich freue mich für dich, alter Junge. Jetzt bist du wieder weiß wie Milch, wie man bei uns sagt. Wenn sie dich verurteilt hätten, wäre das für alle die Katastrophe gewesen, für Marokko, Großbritannien, die Botschaft und die Geheimdienste. Ich selbst wäre gefeuert worden, gefeuert ohne Bezahlung. Ein Polizist wie du wird doch nicht das Huhn, das die goldenen Eier legt, töten. Bei Yasmina hast du eine total ruhige Kugel geschoben, und dazu noch bestens bezahlt. Du bist mit ihr zusammen herumgereist, sie hat dich in die feine Gesellschaft eingeführt, du hattest Zugang zur westlichen Kultur. Hat dich auf andere Gedanken gebracht als die übliche Schufterei. Natürlich hast du auch dein Glück versucht, hast ihr ein bißchen den Hof gemacht: sie war ja auch sehr attraktiv. Aber sie deshalb erdrosseln, nur weil sie dir einen Korb gegeben hat … Gut, gehab dich wohl. Befolge den Rat, den ich dir neulich gegeben habe. Alles klar, alter Junge?«

»Alles bestens, Inspektor. Ich habe kein einziges Wort vergessen.«

»Leb wohl! Und einen Morgen voller Licht!«

9

Flughafen Heathrow, Terminal 1. Miss Kelly hob die Augen zur Anschlagtafel. Manche Flüge hatten Verspätung, andere waren annulliert. *Athen. BA 437. Abflug 21 h 30. Gate 4.* Die Digitaluhr zeigte 21 h 03 an. Miss Kelly hatte gerade noch genug Zeit. Sie gab ihr Gepäck auf, erledigte die Zoll- und Polizeiformalitäten und machte sich mit ihrer Bordkarte versehen in Richtung Gate 4 auf. Um sie herum stellte sie eine gewisse Aufregung fest und erriet inmitten der Menschenmenge die Anwesenheit von Polizisten in Zivil: Am Nachmittag erst hatte es einen Bombenalarm gegeben, und die Titelseiten fast aller Zeitungen waren dem Attentat gewidmet, das am Vortag in Paris stattgefunden hatte, in der Station Saint-Michel. Hinter Miss Kelly trottete ein Herr reiferen Alters, der ganz verloren wirkte und mit ihr anscheinend ins Gespräch kommen wollte. Sie ließ ihn links liegen. Sie hatte jetzt drei Wochen Urlaub und beschlossen, sich zu verheiraten. Sie passierte die elektronische Kontrollschranke im selben Moment, in dem eine melodische Stimme aus den Lautsprechern erscholl:

»Your attention, please. Passengers for Athens … Immediate boarding … Die Passagiere mit Ziel Athen, Flug BA 437, werden gebeten, sich zu Gate 4 zu begeben. Sie können ab sofort einchecken.«

Sie lief die Gangway entlang und bestieg die Maschine. Sie sicherte sich einen Fensterplatz und schnallte sich an. Der Herr im reiferen Alter ließ sich neben ihr nieder. »Schnallen Sie sich an«, sagte er. »Ja«, erwiderte sie. »Vielen Dank.« Fast dreißig Sitze waren leer. Die meisten Passagiere hatten einen bräunlichen Teint. Vermutlich Araber, die ihre Petrodollars im Vereinigten Königreich ausgegeben hatten. Das Flugzeug setzte sich langsam in Bewegung, rollte in Richtung Startbahn, stand dann wieder still. Seine Düsen liefen auf Hochtouren.

Als es sich vom Erdboden löste, schrie in der ersten Klasse ein langer dünner Mann: »Allah akbar!« Mit gefalteten Händen und abwesendem Blick rezitierte er halblaut die Fatiha, die erste Sure des Korans:

Lob sei Allah, dem Weltenherrn,
Dem Erbarmer, dem Barmherzigen,

Dem König am Tag des Gerichts!
Dir dienen wir und zu dir rufen um Hilfe wir;
Leite uns den rechten Pfad,
Den Pfad derer, denen du gnädig bist,
Nicht derer, denen du zürnst, und nicht der Irrenden.

Eine junge Frau hielt ihm die Hand, küßte diese Hand. Er schlug die Kapuze seiner Djellaba zurück und schlief alsbald ein, friedlich und in Frieden. Jedes Ende war ein Neuanfang. Eine Stunde später wachte er wieder auf. Er stand auf, ging auf den Vorhang zu, der ihn von der Economy-Class trennte, öffnete den Vorhang. Seine Arme waren beladen mit einem üppigen Bouquet roter Rosen. Er lächelte. Es sprudelte aus ihm heraus: »Welch glückliches Zusammentreffen, Miss Kelly! Ich war gerade auf dem Weg zur, mit Verlaub, Toilette, als ich Sie plötzlich erblickte. Glücklicherweise habe ich aus Marrakesch diese Frühlingsrosen einfliegen lassen, mit Privatflugzeug, für den Fall, daß sich unsere Wege zufällig noch einmal kreuzen sollten. Und da sind Sie nun, in Fleisch und Blut! Ich jedenfalls glaube an das Schicksal! Ich bin erst seit kurzem Muslim. Sie wirken erstaunt, ungläubig? Ich bin es wirklich. Oh! Guten Abend, Mister Wembley. Ich dachte mir schon, daß Sie der Auserwählte sind. Meine aufrichtigsten Glückwünsche. Machen Sie sie glücklich, sie hat es zu hundert

Prozent verdient. Überreichen Sie ihr dieses bescheidene Präsent in meinem Namen, wenn ich darum bitten darf!«

Und mit ein und derselben Bewegung legte er die Rosen auf Mister Wembleys Knien ab, drehte sich um sich selbst, packte einen alten Araber am Kragen, riß ihm die Brille, seine weiße Perücke und seinen grauen Schnauzbart vom Gesicht. Keiner der Mitreisenden hatte sich gerührt.

»Komm, Brüderchen«, sprach er mit sanfter Stimme. »Setz dich hierher.«

»He, Sie! Was soll denn das? Lassen Sie mich los!«

Inspektor Ali betonte jede Silbe: »Setz dich endlich!«

Er stellte ihm ein Bein und schleuderte ihn auf einen freien Sitz.

»Soso, mein lieber Moussaoui, du hast wohl geglaubt, du bist fertig mit mir? Steht auf meiner Stirn denn das Wort ›Hornochse‹ geschrieben? Und in welcher Sprache?«

»Sie können mir gar nichts nachweisen«, erwiderte Moussaoui mit schroffer und haßerfüllter Stimme. »Das Gericht hat mich für unschuldig erklärt. Und ein einmal gefälltes Urteil läßt sich nicht rückgängig machen, das wissen Sie so gut wie ich.«

Ali brach in ein Schakalslachen aus.

»Wer redet denn hier von Gericht? Ich höre wohl nicht recht. Für dich wird es kein Gericht mehr geben. Nur noch die Todesstrafe, ohne Wenn und Aber. Es wird noch nicht einmal mehr Richter geben. Nur mich und ein paar Kollegen von der Kriminalpolizei. Meinst du die Anklageschrift? Ich habe eine zusammengeschustert, die solider ist als Beton. Ich habe sie kürzlich meinen Vorgesetzten geschickt. Mach den Mund auf, ich höre dich nicht. Ach ja? Glaubst du das wirklich? Glücklich, wer sich seinen Illusionen hingibt! Du bist jetzt auf dem Weg nach Athen, und da nimmst du dann einfach einen anderen Flug in die Pampa? Das denkst du dir so! Bin ich denn ein ausgemachter Idiot, nur weil ich den Großteil meiner Zeit damit verbringe, den Idioten zu spielen? Interpol erwartet dich bei deiner Ankunft, und ich, ich werde ihnen behilflich sein. Jetzt hast du es endlich begriffen: Die Behörden in Rabat haben einen internationalen Haftbefehl gegen dich erlassen.«

Es war so still wie in der Kirche. Miss Kelly fuhr sich mit feuchter Zunge über ihre Lippen.

»Haben Sie ihn die ganze Zeit über für schuldig gehalten?« fragte sie.

»Und Sie?«

»Aber wie hat er den Mord denn begehen können? Er hat doch ein Alibi.«

»Ein Alibi?« erwiderte Inspektor Ali. »Ein Alibi

ist dazu da, widerlegt zu werden. Wir haben einen guten Keller im Hauptquartier und schlagende Beweise, um die Verdächtigen zum Sprechen zu bringen.«

»Sie … Sie verfolgen ihn schon seit Cambridge?«

»Ich? Aber nicht doch. Warum soll ich mir die Sohlen ablaufen und wie ein Jagdhund spurten, wo ich doch ein denkendes Schilfrohr bin? Als Geheimoffizier ist dieser Typ ja im Besitz mehrerer Pässe, und einer ist ebenso gültig wie der andere. Er hat einen davon benutzt, mit dem zugehörigen Foto: ein alter Herr mit Brille. Aber seinen echten Paß, den, der auf seinen Namen lautet, hatte ich einige Sekunden lang in der Hand. Erinnern Sie sich, Miss Kelly: Wir waren in Ihrem Büro. Ich tat so, als ob ich den fraglichen Paß gründlich studierte. Der Einband war grün. Ich habe ein kleines ebenso grünes Plättchen darauf geklebt. Eine Art magnetischer Wanze. In meinem Polizistenmarschgepäck befindet sich unter anderem technischem Schnickschnack auch ein Mini-Funkempfänger, nicht größer als eine Streichholzschachtel. Er ist äußerst sensibel. So habe ich ihn in Heathrow lokalisieren können. Ich sah, wie er sein Gepäck aufgab, und bin ihm ins Flugzeug vorausgeeilt.«

Und übergangslos fügte er mit lauter Stimme hinzu: »Und wenn wir jetzt mal zum Eigentlichen kämen?«

Der Vorhang ging ein zweites Mal auf und ließ eine junge Frau mit breitem Hut mit eingerollter Krempe durch, die eine Tunika mit Puffärmeln und eine weite Hose aus Rohseide trug. Darüber eine Lederweste. Um die Taille einen breiten Krokodilledergürtel. Sie machte einige Schritte in den Mittelgang und blieb im schwachen Licht der Leselämpchen stehen. Ohne das Wort an irgend jemand Konkretes zu richten, sagte sie: »Guten Abend.«

Dann ging sie wieder in die erste Klasse zurück. Wembley war auf seinem Sitz aufgesprungen und rief mit Kinderstimme: »Yasmina!«

»Yasmina!« wiederholte, völlig benommen, Moussaoui. »Das ... das ist doch nicht möglich.«

Miss Kelly hatte die Nerven bewahrt. Nicht die kleinste Ader in ihrem Gesicht bebte.

»Das ist auch nicht Yasmina«, bestätigte sie. »Von weitem und in einem bestimmten Licht mag sie ihr tatsächlich ähnlich sehen. Aber es ist nicht Yasmina. Ich habe sie gesehen, als sie tot war, der Gerichtsmediziner hat die Obduktion vorgenommen, und die sterblichen Überreste ruhen seit einigen Tagen auf einem marokkanischen Friedhof. Wie heißt denn die Tragödin, die Sie da angeheuert haben, um uns diese gespenstische Erscheinung vorzugaukeln? Nemesis? Hofften Sie wirklich, daß der Mörder, also offensichtlich Mister Moussaoui, schwach werden und gestehen würde? Ihre Arbeitsweise ist wirklich wie im Kasperletheater.«

»Eckzackt«, stimmte Inspektor Ali zu. »Wie im Kasperletheater. Von Anfang an habe ich nichts anderes gemacht, als den Clown zu spielen. Ich habe den Typus sogar überfrachtet, eine nicht sehr vertrauenswürdige Gestalt, unhöflich, schockierend, großmäulig, manchmal auch beunruhigend, unglaubwürdig. Ich habe bei jeder Gelegenheit mein arabisches Anderssein herausgestrichen, meine Kleidung, meine Art zu essen und mich auszudrücken, mein scheeler Blick, und der Verstand in der Hose – kurzum, der Araber, wie man ihn sich in irgendeinem zweitklassigen Film vorstellt. Dieser Typ, den ich mit dem größten Vergnügen gespielt habe, hat viele Leute eingeschläfert. Und so gewann ich jede Menge Freiraum, um das Rätsel zu lösen. Ich weiß, wie der Mörder vorgegangen ist. Ich kenne sein Motiv.«

»Alles Bluff«, warf Miss Kelly ein.

»Jetzt nicht mehr. In einer Viertelstunde allerspätestens werden wir landen, und der Schuldige wird die heutige Nacht schon im Gefängnis verbringen. Morgen oder übermorgen wird er zum Tod verurteilt. Ich hasse es zu triumphieren. Ich hasse meinen Job als Polizist. Ich hasse es zu arbeiten. Ich hasse es, recht zu haben. Wenn ich diesen Fall übernommen habe, dann nur, weil ich vor meinem Abflug nach England noch einen Sprung ins Zentralarchiv in Casablanca gemacht habe. Und ich bin auf ein aktuelles Foto und eine Videokassette von Prinzessin Yasmina gestoßen. Sie hatte eine gewisse Ähnlichkeit mit Sophia. Sophia ist meine Frau. Die, die Ihnen soeben einen »Guten Abend« gewünscht hat. Ich brauche ihre Gegenwart, wo immer ich auch bin. Sie ist mein ein und alles. Nun stellen Sie sich mal dieses Wechselspiel von Blitz und Schatten vor, das jähe Entsetzen, das mein Hirn durchzuckte: und wenn man nun meine Frau umgebracht hätte? Genau das hat mich bewogen, den Auftrag anzunehmen.«

Die Atemzüge waren kürzer geworden, die Blicke aufmerksamer.

»Mal abgesehen von ihrer sozialen Stellung, ihrer hohen Geburt, ihrem Vermögen, wer war Yasmina eigentlich wirklich? Welches war ihr innerstes Wesen? Das habe ich mich an Bord des Fliegers, der mich nach London brachte, als allererstes gefragt. Eben diese Frage habe ich, wobei ich zwei ganz unterschiedliche Haltungen eingenommen habe, auch Mister David Wembley und meinem Landsmann Moussa Moussaoui gestellt. Bei ihm habe ich mich als Polyp aufgespielt, als harter Typ, wie bei uns im Polizeikommissariat. Ich habe die Lüge gepredigt, um die Wahrheit zu erfahren, ich habe ihm sogar die Taschen ausgeplündert. Er hatte sich in sie verliebt, ohne sich allzu große Hoffnungen zu machen. Sie haben einen einzigen Kuß ausgetauscht, und das war schon alles. Er hat mir kaum etwas über den Charakter des Opfers sagen können. Er war unfähig, die geringste Aussage über sie zu machen, er war nur mit sich selbst und seinem Schicksal beschäftigt: eben ein typischer marokkanischer Macho. Bei Mister Wembley habe ich andere Saiten aufgezogen: Ich habe ihn aufgesucht und ihn reden lassen. Ich habe sechs Stunden lang kein einziges Wort gesagt, als ob es ihn gar nicht gäbe. Das hat ihn wohl mit zunehmender Zeitdauer aus der Fassung gebracht. Er hatte sich ebenfalls in Yasmina verliebt, mit der geballten Wucht und sämtlichen Illusionen des reifen Alters.«

»Er hat sich mir anvertraut«, rief Miss Kelly voller Herausforderung in Stimme und Blick.

»Und er war der Wahrheit am nächsten. Er hat einen durchdringenden Verstand, wiewohl er niemals aus der Haut eines ältlichen britischen Junggesellen geschlüpft ist. Sein Ventil ist die Philosophie, seine allergrößte Freiheit. Für ihn, der an junge, ›aufkeimende‹, wie er zu sagen pflegt, noch nicht aufgeblühte Mädchen gewöhnt ist, war Yasmina ein steter Quell der Qual. Sie hat ihn niemals aufgereizt, weder mit Worten noch mit Taten. Sie hat ihm niemals ja oder nein gesagt. Sie hat alles mit sich geschehen lassen. Sie hat sich von ihm küssen lassen, ohne seine Küsse zu erwidern. Sie hat ihm keinerlei Bild von sich selbst zurückgegeben, verstehen Sie? Er hat sie bestens beschrieben, scharfsichtig: Sie war alles und doch zugleich von allem das Gegenteil. Sie mochte die Bewegung, die Musik, die Mode. Sie verabscheute die Mode, die Musik, die Bewegung. Im Lauf der Tage und Wochen hatte er jeden Appetit verloren und zu trinken begonnen. Er mochte gar keinen Wein. ›Ich hätte sie am liebsten erwürgt!‹ gestand er mir schließlich. Und ich habe ihm geantwortet: ›Aber Sie haben sie erwürgt, Mister Wembley. Haben Sie es schon vergessen? Denken Sie nach.‹«

»Ich habe sie nicht umgebracht«, protestierte Mister Wembley. »Ich war es nicht.«

»Sie haben sie in Gedanken umgebracht«, erwiderte Inspektor Ali.

Dann wandte er sich abrupt zu Miss Kelly und sah ihr voll ins Gesicht.

»Sie waren es, Miss Kelly, die mir den Schlüssel zu des Rätsels Lösung in die Hand gegeben haben. Ohne es auch nur zu merken.«

»Ich?« fragte sie, und ihre Augen waren nur noch zwei Schlitze.

»Ja, Sie. Sie gestatten, daß ich Ihr Gedächtnis auffrische? Wir waren in Ihrem Büro. Ich hatte Sie gebeten, mir Yasmina zu beschreiben. Sie sind zusammengezuckt. Um Ihnen jeden Verdacht zu nehmen, habe ich hinzugefügt: ›Psychologisch, meine ich.‹ Sie haben sich entspannt. Ich habe die Augen geschlossen und Ihnen zugehört. Ich habe vor allem auf Ihren Tonfall, auf die Wärme in Ihrer Stimme geachtet. Ihnen zufolge hatten Sie die Prinzessin erst wenige Stunden vor ihrem Tod kennengelernt. Was ich jedoch aus Ihrem Mund vernahm, bezeugte eindeutig das Gegenteil: Sie sprachen von ihr wie von einer Freundin. Von einer guten alten Freundin.«

Ein verächtliches Lachen, eine noch verächtlichere Antwort waren die einzige Reaktion: »Sie sind ja völlig übergeschnappt.«

»Sie schwelgten völlig in Erinnerungen an die Tote. Und da habe ich Ihnen eine unpassende, schockierende Frage gestellt: ›Und ihr Jungfernhäutchen?‹«

»Das stand doch im Bericht des Gerichtsmediziners.«

»Nein, Miss Kelly, eben nicht. Ich habe diesen Bericht gelesen. Ich habe ihn sogar auswendig gelernt. Nirgendwo war von Jungfräulichkeit die Rede. Das Gutachten spricht vom ›Fehlen sexueller Gewaltanwendung‹, nicht vom intakten Jungfernhäutchen. Woher waren Sie dann über ein derart intimes Detail informiert?«

»Das läuft doch aufs selbe hinaus. Ich habe den Bericht nur interpretiert.«

»Interpretiert!« rief Inspektor Ali aus. »Sie haben wohl eher den gesamten Fall interpretiert und sich sogar die Geschichte mit den Drohbriefen selbst ausgedacht. Schweigen Sie still, Miss Kelly, um Himmels willen, schweigen Sie still! Ich bin allem Anschein zum Trotz ein Puritaner. Ich bin unkultiviert, Yasmina war höchst kultiviert. Sie gehörte zur Elite, während ich nur ein Bulle bin. Mein Vater war Aufseher in einer Backstube, ich bin im Niemandsland vor der Stadt geboren, schlimmer als im Treppenhaus. Und der Sohn des Backstubenaufsehers, der ich bin, versichert Ihnen, daß Yasmina ebenso puritanisch war wie ich, puritanisch in ihrer Seele. Sie konnte ausgehen, reisen, tanzen, auch mal ein Glas Alkohol trinken und Fremdsprachen lernen wie jedes junge Mädchen aus dem Westen von ihrem Rang und ihrem Vermögen. Aber hinter diesem modernen Verhalten lebte hartnäckig ein Tabu weiter: Sex. Das rührt aus den Tiefen unserer Kindheit, von unserer puritanischen Erziehung her. Wer war sie denn wirklich in sexueller Hinsicht? David Wembley hat es perfekt definiert: ›aufkeimend, noch nicht aufgeblüht‹. Mit vierundzwanzig Jahren wußte sie noch immer nicht, wer sie als Frau eigentlich war.«

»Sie beschmutzen Ihr Gedächtnis, Inspektor. Sie überschreiten Ihre Befugnisse.«

»Drehen Sie jetzt durch, Miss?« entgegnete Ali

seelenruhig. »Indem ich diesen lächerlichen Typ gespielt habe, habe ich Sie gewissermaßen eingelullt. Ich habe auch Mister Westlake eingelullt, den Superintendanten von Scotland Yard. Ich habe ihn auf eine falsche Fährte gelockt: auf die von Mister Wembley und seiner geschiedenen Frau. In der Zwischenzeit habe ich bei Ihren Nachbarn und den Händlern in Ihrem Viertel Erkundigungen über Sie eingezogen. Ich kann Leute ausfragen, ohne auch nur eine einzige Frage zu stellen. Ich kann zuhören. Sie kannten Yasmina vom ersten Tag an, an dem sie den Fuß nach Cambridge gesetzt hat, und den gleich ins Kommissariat. Sie ist zu Ihnen gekommen, um einige Formalitäten zu regeln. Und Sie haben sich rettungslos in sie verliebt. Sie kennen Ihre Natur. Es steht mir nicht zu, über Sie zu urteilen. Sie sind, was Sie sind, in aller Freiheit. Sie haben sie sehr oft besucht, vor allem nachts, dreimal die Woche, wenn ich mich recht entsinne. Jedesmal ist es Ihnen geglückt, die Wachsamkeit ihres Leibwächters einzuschläfern. Und ich werde Ihnen sagen, was Sie sechs Monate lang gemartert hat: sie hat alles mit sich geschehen lassen, wie sie auch alles bei David Wembley über sich hat ergehen lassen. Nicht ein einziges Mal hat sie reagiert, so als ob sie geschlechtslos wäre. Sie hat Ihre Leidenschaft ins Leere laufen lassen. Am Vorabend ihres Todes hat sie Ihnen naiv erzählt, daß sie sich entschieden hätte, Moussa Moussaoui zu heiraten und es ihren Eltern gegenüber durchzusetzen. Sie hat Sie um Hilfe gebeten. Sie haben es verstanden, heiter, sogar glücklich dreinzuschauen. Sie haben Ihre Stimme sorgfältig kontrolliert, haben ihr gratuliert und – sich für den folgenden Tag mit ihr in ihrem Zimmer verabredet. Für den nächsten Tag abends um achtzehn Uhr dreißig. Und da haben Sie die Wahrheit schon wieder verdreht: Sie haben vorgegeben, daß sie es gewesen sei, die sich mit Ihnen um neunzehn Uhr verabredet hatte. Wer konnte schon das Wort einer Polizeibeamtin in Zweifel ziehen? Zumal diese Polizeibeamtin auch noch mit den Ermittlungen betraut war? Rühr sie nicht an!« schrie er plötzlich.

Moussaoui hatte die Faust erhoben.

»Wenn du sie anrührst, trete ich dir den Schädel ein!«

»So ein Schwachsinn!« zischte Miss Kelly mit leiser Stimme. »Ich werde Sie wegen Verleumdung anzeigen. Ich bin schließlich keine Bürgerin Ihres mittelalterlichen Staates.«

»Sie sind bei Yasmina zu der von Ihnen festgesetzten Stunde eingetroffen«, fuhr Inspektor Ali ganz ruhig fort. »Sie vertraute Ihnen. Sie liebte Sie auf ihre Art. Irgendwann hat sie Ihnen dann den Rücken zugekehrt, um aus dem Fenster zu sehen.

Da haben Sie sie schnellentschlossen mit ihrem Bademantelgürtel erdrosselt. Dabei haben Sie sie weit genug auf Abstand gehalten: So konnte sie Sie nicht kratzen. Sie konnte sich auch nicht wehren: Sie haben eine unglaubliche Muskelkraft in Ihren Armen. Das habe ich neulich gemerkt, als Sie mir um den Hals gefallen sind und mich geküßt haben, nachdem Sie mich erst geohrfeigt hatten. Und Sie haben mich genau so geküßt, wie eine Frau einen Mann küßt, um mir Sand in die Augen zu streuen. Unbewußt haben Sie wohl gemerkt, daß die psychologische Beschreibung, die Sie da von Yasmina abgegeben haben, die einer guten alten Freundin war.«

»So ein Schwachsinn!« wiederholte Miss Kelly lächelnd. »Sie elende Vogelscheuche!«

»Der Tod muß auf der Stelle eingetreten sein. Sie haben das eine Ende des Gürtels um den Fenstergriff geknotet – für den Fall, daß ein anderer Inspektor mit den Ermittlungen betraut werden würde, um ihn auf die Selbstmordtheorie zu bringen. Dann sind Sie ein bißchen an die frische Luft gegangen. Und eine halbe Stunde später waren Sie wieder zur Stelle, um das Nichtwiedergutzumachende zu Protokoll zu nehmen. Das wär's, Miss. Ich bin fertig. Ich hätte so gern die Fährte des von vornherein als schuldig Bestimmten weiterverfolgt: Moussa Moussaoui.«

Miss Kelly sah ihm mitten ins Gesicht, mit trokkenen Augen.

»Warum haben Sie diese Hirngespinste denn nicht dem Tribunal vorgetragen?« fragte sie sarkastisch.

»Warum?« echote der Inspektor (und blickte auf die Uhr). »Die Antwort gebe ich Ihnen in zwei oder drei Minuten. In der Zwischenzeit beantworten Sie mir mal die Frage, warum Sie sich ausgerechnet den armen David Wembley ausgesucht haben? Um bis zum letzten Augenblick allen Sand in die Augen zu streuen? Glauben Sie denn, daß er das nicht durchschaut? Der wird niemals Ihr Ehemann, das garantiere ich Ihnen.«

Sie wirkte verwirrt. Aber sie fing sich sehr schnell.

»Miss Kelly, jetzt kann ich Ihnen Ihre Frage beantworten. Warum ich nicht schon vor Gericht ausgepackt habe? Ich habe kein Vertrauen in Ihre Tribunale. Sie sind zu demokratisch. Sie wären mit ein paar Jahren Gefängnis und mildernden Umständen davongekommen. Die Todesstrafe ist im Vereinigten Königreich ja abgeschafft.«

»Alles nur Mutmaßungen, Inspektor. Aber wo bleiben die Beweise?«

»Sie werden schon noch gestehen, so sicher, wie zwei und zwei vier ist.«

Miss Kelly beugte sich vor. Ihre Lippen bebten.

»Schluß jetzt damit!« sagte sie mit schneidender Stimme. »Ihr Ammenmärchen hat mich ein bißchen amüsiert. Aber jetzt reicht es. Wir werden bald in Athen landen. Und das erste, was ich da tun werde, ist, mich unter den Schutz meiner Botschaft zu stellen, Sie Miststück, Sie!«

Inspektor Ali schüttelte mitleidig den Kopf.

»Miss Kelly«, fragte er, »ist Ihnen schon aufgefallen, daß kein einziger Fluggast sich auch nur gerührt hat, als ich mich vor Ihnen aufgebaut habe? Daß kein einziger reagiert hat, als ich Moussaoui vorhin so hart angefaßt habe? Ist Ihnen auch schon aufgefallen, daß es hier überhaupt keine Stewardessen gibt? Sie haben uns noch nicht einmal das Abendessen serviert.«

Er sah aufs neue auf die Uhr und sagte: »Es ist soweit. Es tut mir wirklich leid. Außerordentlich leid.«

»Ladies and gentlemen«, kündigte eine Lautsprecherstimme an, »hier spricht der Bordkommandant. Wir werden in wenigen Minuten auf dem Flughafen Mohammed V. in Casablanca landen. Wir hoffen, Sie hatten einen angenehmen Flug.«

»Weinen Sie doch nicht, Miss Kelly, ich bitte Sie. Sie brechen mir das Herz. Ich bin ein ausgemachter Schweinehund. So was passiert aber auch immer nur mir. Wie konnte ich nur die Anzeigentafel in Heathrow fälschen! Und dann hat mir auch noch einer Ihrer Geheimdienstoffiziere dabei geholfen! Miss Kelly … Jenny, weinen Sie doch nicht, ich flehe Sie an. Ich hasse es zu triumphieren, ich hasse es, recht zu haben, ich hasse meinen Job als Polizist. Ich werde kündigen, Miss Kelly … Jenny … Jenny …«

Er brach in hemmungsloses Schluchzen aus.

La Nielle, Aix-en-Provence,
Sommer 1995.

Driss Chraïbi wurde 1926 in Marokko geboren und wuchs in einer bürgerlichen Familie auf. Nach dem Abitur zieht er 1945 nach Paris, um Chemie und Medizin zu studieren. 1952 wendet er sich jedoch von den Naturwissenschaften ab, unternimmt zahlreiche Reisen und arbeitet in den unterschiedlichsten Berufen: als Ingenieur, Journalist, Nachtwächter und Arabischlehrer.

Sein erstes Werk, der autobiographische Roman *Le Passé Simple,* in dem er den Aufstand gegen den Vater als Symbol für den Kampf gegen verkrustete Gesellschaftsstrukturen thematisiert, erregt internationales Aufsehen. In seinem nachfolgenden Roman *Die Sündenböcke* verarbeitet er die Erfahrung, daß auch die fremde, die französische Gesellschaft, keine Flucht in eine andere Zivilisationsform zuläßt. Das Aufeinanderprallen verschiedener Kulturen bleibt das wichtigste Thema in Driss Chraïbis Werk. In *Ermittlungen im Landesinnern* (Deutsch im Lenos Verlag, Basel, erschienen) steht der Konflikt zwischen Stadt und Land im Mittelpunkt, in seinen historischen Romanen *La Mère du Printemps* und *Naissance à l'aube* die Auseinandersetzung zwischen der maurischen und arabischen Zivilisation. Im Laufe der Jahre aber verändert sich sein Stil. Seine anfangs heftige Kritik an der Gesellschaft Marokkos weicht weiser Ironie und spitzem Spott. Die Faszination durch den Westen, wie sie in seinem Roman *Die Zivilisation, Mutter!* noch beschrieben wird, macht einem zunehmenden Skeptizismus Platz.

Die Erfindung der Gestalt des *Inspektor Ali* sorgt für einen neuen Höhepunkt in Chraïbis Werk, für das er den Titel »Chevalier des Arts et Lettres« erhalten hat.

Driss Chraïbi im Unionsverlag

Die Zivilisation, Mutter!

Der zärtlich und augenzwinkernd geschilderte Weg dieser marokkanischen Mutter führt mitten in die Turbulenzen dieses Jahrhunderts. Mit dreizehn Jahren hat man sie verheiratet, seither führt sie, trotz funkensprühender Lebenskraft, ein Dasein hinter den Mauern ihres Hauses. Ihr magisches Denken bemächtigt sich der neuen Dinge, die in ihren Lebenskreis eindringen: Im Radio sieht sie Zauberei am Werk, trägt Gefechte aus gegen Bügeleisen, Kochherd, Telefon und andere Segnungen der Zivilisation. Und dann der große Einschnitt: Nach zwanzig Jahren begibt sie sich zum erstenmal wieder auf die Straße. Zuerst zaghaft, dann immer selbstbewußter erobert sie sich die bis dahin unbekannte Welt. Ohne es zu wollen, wird sie eine Symbolgestalt, sammelt sich eine Bewegung marokkanischer Frauen um sie.

»Die Geschichte, möchte man sagen, ist fast zu schön, um wahr zu sein. Doch darin könnte gerade ihre Wahrheit liegen.«
Neue Zürcher Zeitung

»Eine charmante und verschmitzte Hommage der Söhne an die Mütter.« *Basler Zeitung*